사랑과 보람의 공동체

정하성 시사칼럼집 ❷

사랑과 보람의 공동체

정하성 저

한국학술정보[주]

머리말

한 매듭의 성숙을 마무리하고 새로운 한 해를 맞이하는 시간에 자연과 사회에 대하여 사유하고 살펴보며 고뇌했던 명제를 글로 표현했던 내용을 모아보았다.

다양성을 추구하며 타인을 존중하는 윤리가 어느 때보다도 강조되는 때이다. 자신의 가치와 의견에 반하는 타인과의 공존을 위해서 공유영역을 확대시켜가야 한다. 그것은 무한한 수양과 인고의 연마를 통해서 이루어지게 된다.

자신의 고집보다는 타인 지향적인 가치를 중시하는 포용성과 유연성이 중요하다. 타인의 존중은 자아를 성장시켜주며 사회가치를 높여준다. 사고와 언어의 수준이 아닌 행위와 실천차원의 공존윤리를 추구하며 생활해가는 지혜가 절실하다.

성숙한 만큼 고뇌, 기쁨, 슬픔, 희열이 많아짐은 자신의 기능과 역할을 필요로 한다. 새해를 맞을 때마다 가슴 설렘보다 책무와 사명에 대한 중압감을 느끼게 된다. 아마도 만인을 위한 시간 창조를 요구하기 때문인가 본다.

나는 인간은 살아있는 동안 자신보다 남을 위해서 헌신하고 봉사하는 삶이 가치 있고 보람 있다고 믿어왔다.

여기에 쓴 글들도 자신보다는 타인을 생각하고 걱정하는 마음으로 썼다. 그간 나는 「청야의 의지」, 「황토에서 부는 바람」, 「더불어 사는 아름다운 사회」, 「나눔은 사랑의 시작이다」의 4권의 칼럼집을 발행하였다. 한국학술정보(주)에서 정하성시사칼럼집 2권으로 본서를 발행하게 됨에 의미를 부여하고 싶다.

중도일보, 충청매일, 충청투데이(대전매일후신), 경기신문, 중부일보 논설위원으로 활동하면서 썼던 사설과 칼럼을 모아 이번에 칼럼집을 발행하게 되었다.

출판사관계자의 노고에 고마움을 표하며 많은 독자에게 기쁨과 도움을 줄 수 있는 책이 되길 기대해본다.

2007. 1. 용이벌 연구실창가에서

저자 정하성

차 례

1. 생태적 사회건설은 세대통합으로   13
2. 수험생 건강이 우선이다   17
3. 그린벨트 더 이상 훼손은 안 된다   19
4. 수재민의 고통을 함께 하는 사람들   21
5. 수능 이후 청소년 지도   24
6. 유권자의 현명한 선택을 기대한다   27
7. 이상적인 서남부권 개발을   29
8. 기업활동을 촉진시키는 지방행정의 서비스를   31
9. 지식서비스 수출 성공해야   34
10. 청소년 성 매매의 다양한 접근을   37
11. 행정수도특별법의 기대   39
12. 산불, 예방이 최선이다   41
13. 사이버 청정학교 기대해도 되나   43
14. 종합적 쓰레기 대책 세워라   45
15. 혹서 극복에 지혜 모아야   47
16. 시설점검에 만전을 기하라   49
17. 지방인재 채용목표제 실시돼야   51
18. 하천 쓰레기 시민의 힘으로   53
19. 혈액관리 선진화돼야   55
20. 경기도, 교육여건 개선돼야   57
21. 지자체 예산낭비 심하다.   59

23. 지역대학과 지자체의 관계   62

24. 기대되는 학생취업학교 운영   66

25. 수도권공장건설 허용해라   68

26. 문제 많은 사회복지제도 개선돼야   70

27. 경기도 빚 전국1위 재정운용 개선하라   72

28. 아동학대 보호대책 절실하다   74

29. 경기북부 팸 투어 활성화하려면   76

30. 경기도보육행정 전국최하위라니   78

31. 實效있는 팔당호 환경공영제   80

32. 위협받는 먹거리 안보대책절실   82

33. 가족공동체로 노인의 행복을   84

34. 새집증후군 연구의 효율적 활용을   86

35. 쌀 수입개방투쟁으론 안 된다   88

36. 심각한 공무원의 도덕적 해이   90

37. 수도권 공장 신. 증설 허용해야   92

38. 난자매매 대책강화를   94

39. 사회복지시설에 사랑의 손길을   96

40. 지자체, 직무유기 심하다   98

41. 합리적인 米穀정책을   100

42. 폐기물해양투기 대책 서둘러야   102

43. 국가경쟁력과 수도권규제   104

44. 엉망진창의 교통문화   106

45. 경기도의 벤처기업 육성 108
46. 사전선거열풍 막아야 한다 110
47. 급감한 총생산량 대책 세워야 112
48. 세계화시대의 한류우드건설을 114
49. 대책없는 경기도 부채3조원 116
50. 경기교육청, 환경개선 외면 말라 118
51. 사랑의 공동모금에 동참을 120
52. 깨끗한 도시, 희망찬 사회 122
53. 직장 보육시설확대 해야 124
54. 청결한 상수원관리를 126
55. 實效있는 작은 도서관 확대사업 128
56. 무례한 도지사 행보 130
57. 적자중소기업 대책 세워야 132
58. 한계에 봉착한 성매매 대책 134
59. 전국최저의 경기도 재정건전도 136
60. 시. 군 균형재정위한 법개정을 138
61. 예비후보등록, 공명선거를 140
62. 기대되는 친구사랑의 날 142
63. 부끄러운 해외입양아1위 144
64. 여성창업, 경영전략 절실 146
65. 청소년임금 보장돼야 148
66. 헛도는 일자리정책 150

67. 소외계층 정치참여확대를 152

68. 실질적인 수도권광역협의체를 154

69. 가짜실업급여 받는 사람들 156

70. 신설학교 부지매입 예산 없어 158

71. 불법선거운동 엄단해야 160

72. 부실공천심사 안 된다 162

73. 경기도, 415억 추정에 111명 징계요구 164

74. 정치후원금 투명해야 166

75. 기업이 신뢰하는 경제정책을 168

76. 서울시의 한심한 교통정책 170

77. 그림에 떡, 판교 서민아파트 172

78. 지방공기업 낙하산인사근절을 174

79. 껍데기뿐인 일자리지원 176

80. 무소속연대에 거는 희망 178

81. 학교급식관련 불량업소추방을 180

82. 다문화 가정연대 결실 맺길 182

83. 통합과 비전의 지방선거를 184

84. 근본적인 황사대책을 186

85. 도지사, 마무리를 잘해야 188

86. 實效있는 채용박람회를 190

87. 가을 채소 밭떼기 거래 대책 세워야 192

88. 관심 가져야 될 노인 성 문제 194

89. 개선되어야 할 고소권 남용   197
90. 근절되어야 할 성폭력   199
91. 대둔산 종합개발 서둘러야   201
92. 기쁘게 나누며 삽시다   203
93. 농촌 일손 돕기 참여를 촉구한다   206
93. 새마을부녀회의 이웃사랑 운동   208

1. 생태적 사회건설은 세대통합으로

갈등폭증은 사람을 괴롭히며 여유와 용서를 앗아간다. 갈등을 완화시켜주는 일이 절실한 이유가 여기에 있다.

우리사회는 남북갈등과 동서갈등 뿐만 아니라 세대갈등이 심각하여 대안 마련이 절실하다. 급격한 사회변동 속에 다양한 가치와 개성이 존중되는 다원화 시대를 맞이하고 있으나 청소년과 노인세대는 통합되지 못한 채 마치 이방인 같은 어색한 관계를 유지하고 있다.

세대는 일종의 사회적 위치로 어떤 속성을 공유함으로서 동일 사회적 위치를 접하게 된 집단으로 사람들 간의 특정한 목적을 추구하면서 의도적인 특정관계나 집단적 행위를 기대할 수 있다. 양 집단의 가치관과 생활관습의 차이는 공통된 이해의 영역을 만들지 못하고 하위문화의 충돌로 갈등을 유발시키고 있는 현실이다.

첨단기술의 개발로 인간생활의 급격한 변화는 청소년과 노인 세대의 의사소통방식자체를 변화시킴으로써 세대간 차이를 더욱 증폭시키고 있다는 탭스코트(Tapscott)의 주장을 수용할 수밖에 없다. 청소년의 인터넷 부호문자와 언어 및 놀이 문화와 노인세대들의 한자언어와 전통 지향적 가치가 그러하다. 독일은 세대 통합 문제를 한 세대 전에 연구하고 논의하여 대안을 모색하였으나 우리나라는 작년에 학회차원에서 문제가 제기되었다.

세대차이의 원인을 역사적 시기에 따른 사회문화적 조건과 경험 차이와 인간발달 단계에 따른 특성에 기인함을 파악할 수 있으며 세대별 변화의 수용능력 차이에서 찾을 수 있다.

우리 현실은 70%에 가까운 핵가족 사회의 급격한 확산으로 노인 세대의 삶을 더욱 어렵게 만들어 가고 있다. 핵가족화 과정에서 나타나는 사회적 왕따로서 노인문제, 가정의 규범, 여성과 자녀, 가족구조와 인구, 자녀문제 나아가서는 국가 재정과 사회발전문제를의 해결 대안으로 생태적 사회 건설을 제안한다.

생태적 사회는 가족과 가족, 세대와 세대가 서로 상생의 조화로운 관계를 이르기 위하여 각 세대와 개인의 인격이 보장되고 광역 공동체의 삶이 서로 자연스런 조화를 이루는 사회를 말한다. 생태사회는 노인 세대를 비롯한 모든 세대가 존재이유를 적극적으로 평가받는 사회이다. 생태사회에서는 사회가 아이들의 양육을 맡아 주므로 양육문제가 해소된다. 생태사회는 상극이 아닌 상생의 원리이다.

경기도 소재의 노블 카운티라는 실버타운은 유치원과 노인이 한

공간을 같이 사용하고 있는 세대 통합을 위한 상생의 실천 장으로 상호보완적 기능을 발현시키고 있다는 데 큰 의미가 있다. 규범체계의 약화와 가치변화 과정에서 분출된 세대간 갈등을 삼십 년의 시간 차이를 극복할 수 있는 대안으로 높이 평가받고 있다.

전통과 현대가 조화로운 만남처럼 청소년과 노인세대가 공유할 수 있는 생활문화의 개발과 육성이 필요하기 때문이다. 일상생활 속에서 놀이문화를 함께 즐기고 정겨운 대화를 나눌 수 있는 양자 간의 최대공약수를 찾는 노력이 절실하다.

노인의 풍부한 경험과 청소년의 반짝이는 아이디어가 어우러지는 놀이문화 프로그램개발을 서둘러야 한다. 성숙과 미숙함이 조화를 이루어서 사회의 안정과 발전을 기대할 수 있기 때문이다. 노인 세대는 가치와 판단의 이중성을 극복하기 위한 청소년 이해에 따른 사회 교육을 받고 함께 하는 놀이 프로그램의 참여에 부지런할 필요가 있다.

세대통합이 타인 지향적인 사고를 갖고 이해와 포용의 긍정적인 자세를 가질 때에 가능하다. 아침의 여명과 저녁의 노을처럼 윤회하는 자연의 섭리를 인식하는 지혜를 가져야 한다. 전체인구의 30%를 점유하고 있는 청소년 세대와 8%를 차지하고 있는 노인세대의 아름다운 관계를 위하여 이해와 공존의 미덕이 절실하다.

청소년과 노인 세대는 갈등과 단절 이 아닌 공유와 창조의 관계를 만들어 가야 한다. 이를 위한 청. 노 공동의 놀이문화를 개발해가야 한다. 상호간의 이해와 공존을 위한 사회교육을 활성화시켜갈 필요가 있다.

공통된 생활 문화를 창조해 가는 노력을 경주하여야 할 때이다. 분담된 사회적 역할을 수행해 가는 즐거움을 청·노 세대가 함께 하여야 함을 강조한다. 청소년과 노인세대는 영원히 함께해야할 공동운명체임을 인식해야 한다.

2. 수험생 건강이 우선이다

대입과 고입을 준비하는 수험생들이 눈병과 감기 등으로 이중고를 겪고 있다. 대전충남지역의 경우 하루에 3백여 명에 이르는 눈병환자와 수백 명의 감기 환자가 발생하여 수험생을 괴롭히고 있기 때문이다. 부족한 수면시간과 심리적인 부담으로 체력이 저하되고 면력성이 떨어져 눈병과 감기가 크게 번지고 있어 각별한 관리와 대책이 절실하다.

유래 없이 길었던 장마와 일교차가 심한 기온차이는 눈병과 감기 환자를 양산시키고 있다. 눈병은 진정될 기미를 보이고 있으나 아직은 안심할 때가 아니며 감기환자 또한 증가추세가 이어지고 있는 실정이다.

고입 선발고사를 70여일 남겨둔 중3학생의 경우 마음이 조급하다. 우리지역의 경우 27.5%가 고입 전형고사를 실시하고 있다.

대입 수능시험을 40여일 앞두고 있어 고3학생은 학습에 대한 부담과 진학에 대한 고심 속에 심한 스트레스를 받고 있다.

물론 입학과 수능시험을 잘 보는 것도 중요하지만 건강이 더 중요한 것은 재론의 여지가 없다. 만병은 마음에서부터 발생한다는 주장을 수용할 때 수험생의 조급한 마음을 다스리는 현명함이 요구된다. 현실의 자신을 냉정히 분석하여 진로를 모색하는 과정으로 상급학교 진학을 생각하는 자세가 필요하다.

최소한의 수면과 규칙적인 수험준비로 건강을 유지하지 않으면 큰 낭패를 보게 됨을 인식하여야 한다. 수험생 자신의 건강을 위하여 심리적 안정을 유지하며 그간에 익힌 내용을 체계적으로 정리하고 여유와 평안함을 갖도록 노력하여야 한다.

마음의 조급함과 불안은 과욕에서 발생하므로 현실을 냉정히 수용하는 여유롭고 슬기로운 방법을 찾아야 한다. 가정에서는 알맞은 영양 공급을 위한 식사에 각별한 정성을 쏟아야 한다. 학교에서는 무리한 학습능력 향상을 요구하지 말고 그간에 배운 것을 정리하며 수험생 각자의 실력에 맞는 진학 상담과 진로지도에 힘써야 한다. 가정과 학교에서 공히 수험생의 개인위생을 위해서 노력해야 한다.

환자의 수건과 비누 등을 분리하여 사용하고 세면대와 침대 등에 대한 철저한 소득을 실시하여야 한다. 수험생자신과 보호자, 교사 모두가 청결한 환경조성과 스트레스 해소에 관심과 지혜를 모으는 일이 중요하다.

수험생이 건강을 해쳐서 진학을 망치는 이 중고가 없도록 각별한 정성을 쏟아야 한다.

3. 그린벨트 더 이상 훼손은 안 된다

전국 곳곳에서 그린벨트가 편법과 탈법으로 크게 훼손되고 있는 가운데 난 개발과 환경오염이 심화되어 대책이 시급하다. 법망을 교묘하게 피해서 그린벨트 안의 축사를 구입하여 주택이나 창고로 불법 증·개축을 하며 합법적으로 허가를 받은 후 개인 사업장으로 변칙 사용하는 사례가 늘어나고 있는 실정이다. 마을 공동으로 공동구판장을 건립한 후 개인에게 판매하는 편법 거래가 성행하고 있다.

단속기관인 구청은 개발제한구역의 지정 및 관리에 관한 특별조치 법 시행령으로는 속수무책일 뿐 단속이 방치되고 있다. 그린벨트는 도시의 무질서한 확산을 방지하고 도시주민의 자연환경 확보와 도시민의 건전 생활환경을 확보하기 위하여 1972년에 제정되어 62개 시. 군 지역을 지정하였다.

도시민의 쾌적한 공간을 제공하고 무분별한 도시확산을 막을 수 있었던 그린벨트가 무너지고 있는 현실이 안타깝다. 우리의 한 세대 도시개발사에 자랑스런 업적으로 평가 받아왔던 그린벨트정책이 김대중 정권 때부터 해제해 오기 시작한 결과 환경오염과 난개발이 문제가 되고 있다.

그린벨트는 도시민의 여유공간으로 삶의 질을 지켜주는 자연적 요소이기 때문에 후손에게 물려주어야 될 터전으로 소중하게 관리하며 지켜가야 할 의무가 있다.

지방의회의 에서 그린벨트분과위원회를 설치하여 보호와 관리를 위한 조례규정을 만들에 시행할 필요가 있다. 그린벨트 법이 제정되기 이전 소유자는 개발의 유연성과 권리보호를 해주고 그 이후 취득한자에 대하여는 특혜를 주어서는 안 된다. 투기를 목적으로 토지를 취득한 것으로 볼 수 있기 때문이다.

그린벨트 보호를 위한 내셔널 트러스트운동을 전개하여 영구히 보존하는 방법도 검토해 볼 가치가 있다. 지역사회 주민조직을 연계하고 신고체계를 확립하여 그린벨트관리에 힘써야 한다.

주민이 가꾸고 지키는 그린벨트는 후손에게 물려줄 어떠한 유산보다 값지다는 논리를 강조하고 싶다. 도시민 생명의 터전이라고 할 수 있는 그린벨트보호에 우리 모두의 관심을 갖고 수호해가야 한다. 도시민의 생명 샘과 같은 그린벨트를 지켜가기에 우리 모두 심혈을 기울여야 할 때다.

4. 수재민의 고통을 함께 하는 사람들

　태풍 루사가 지나간 자리에는 사람의 힘으로 극복하기에는 한계를 느끼게 하는 너무나도 큰 시련과 상처를 남겼다. 지금도 파악중 이지만 2백30명이 넘는 죽음의 고통과 5조4천6백9십6억 원의 재산손실은 재기의 용기마저 앗아갔다. 살림살이는 물론이고 집과 가축도 모조리 쓸어갔다. 삶의 터전인 논과 밭을 황무지로 만들었고 슈퍼마켓과 공장도 폐허로 만들었다. 전쟁터보다 더 심한 참혹한 수해현장을 볼 때 망연자실 할뿐이다.

　기상관측 이래 최고로 쏟아진 집중 폭우는 순식간에 모든 것을 빼앗아 갔다. 어쩔 수 없어 삶을 자포자기한 사람이 생명을 버리거나, 파멸의 길을 택하고 있는 현실이 너무나도 안타깝다. 이들에게는 우선 몸을 추수일수 있도록 먹을 것과 입을 것을 지원해 주는 구호 활동이 필요하다. 진정으로 격려하고 위로 해주어 그들이 용기를 갖고 새로운 내일의 꿈을 가꿔가도록 사랑을 베푸는 일에 우리 시민 모두가 나서야 할 때이다.

수재의연금 모금에 세 살배기 어린애가 돼지저금통을 들고 아장아장 걸어 나오는 모습은 코끝이 찡하는 감동을 주고 있다. 백발의 노인이 용돈을 모아 성금을 내는 모습 또한 아름답다. 이번 수해로 모든 것을 잃은 사십대 아저씨는 자신의 걱정은 뒤로 한 채 수재민을 돕지 못해서 안타까워하는 모습이 좋아 보인다. 이렇게 모은 성금이 8백억 원을 넘고 있으며. 이달 말까지 1천억 원이 모아질 것으로 예측하고 있다.

정말로 대단한 국민이다. 이번 수해를 통해서 어려울 때 함께 하는 인정과 사랑이 많은 민족임을 다시 한번 입증시키고 있다. 뿐만 아니라, 전국에서 몰려드는 자원봉사자는 수천 명을 넘고 있으며 더 어렵고 고통스러운 수해현장을 찾아서 땀 흘리고 있는 그들을 볼 때 존경스러운 마음이 든다.

우리민족의 미덕은 남을 생각하고 돕는 감사와 사랑에 있다. 이제 국민 모두가 앞장서서 그들을 구제하고 따뜻한 사랑의 말씀을 전해 주어야 한다. 한사람이 만원씩 만 내도 오천억 원이라는 거금이 모아진다. 사랑과 마음을 모아 그들을 감동시키고 신뢰의 공동체로 안내해주는 계기를 삼았으면 한다.

항상 범사에 감사하고 소망에 대한 믿음을 갖는 일은 모든 인간의 기본이며 긍지가 되어야 한다. 전국 크리스천 재난 봉사대를 상설로 조직하여 운영할 것을 권하고 싶다. 불시에 찾아오는 풍수해와 한발과 산불 그리고 수많은 대형 사고에 대비하여 예방하고 도와주는 상설 기구를 만들어야 한다. 자발적인 참여로 실천할 수 있는 기회를 제공하고 동기를 유발 시키는 일 또한 중요하다.

동시대를 살아가는 민중의 아픔과 고통을 함께 할 수 있는 참된 사랑을 이번 기회를 계기로 제도화 시키는 것도 의미 있는 일이다. 물질적인 지원과 함께 하여야 할 것이 간절하고 측은해 하는 타인지향적인 마음이다. 수해로 고통의 늪에서 헤어나지 못하고 있는 그들에게 희망을 갖도록 격려하고 적극 지원해 주어야 한다. 두드리고 구하는 자에게 문을 열어주고 도와주는 것은 사랑의 큰 축복이 될 것이다.

준비하고 베푸는 자로서 거듭나는 실천의 윤리를 강조하고 싶다. 마지막 포도송이에 단물을 더해주듯이 수재민에게 용기와 소망을 더해달라고 기원한다. 수재민의 큰 고통을 국민 모두의 참여와 정성으로 함께 하여 극복해가기 바란다. 이번 수해를 기회로 삼아서 전 국민의 사랑과 믿음의 강산을 만들어 가는데 참여하는 아름다운 모습을 보여주길 바란다.

5. 수능 이후 청소년 지도

대학입학 수학능력 고사가 끝났다. 고교교육목표가 대학입학에 있는 것 같이 왜곡된 현실에서 수능시험의 완료는 졸업과도 같은 실질적인 의미를 지니고 있다. 시험을 잘 본 학생은 진학할 학교를 선택하고 여유 있는 시간을 보내게 된다.

시험을 잘못 본 학생은 일찌감치 재수 준비에 들어갔다. 더구나 대학 수시 모집에 합격한 학생은 오래전부터 학교에 나와 관심 없는 수업 시간 보내기에 실증이 났다. 모순된 교육제도가 이들의 젊음을 낭비시키고 있다.

제도적으로는 학교수업을 받아야 하기 때문에 등교를 하고 있으나 실질적으로는 학습활동에 대한 의욕과 관심이 없어 자리만 지키고 있는 꼴이다.

모든 학생이 수능 이후의 고교생활은 개점휴업 같이 명목성만

있고 실제성을 찾아보기 힘든 실정이다. 황금 같은 고교 마지막 시절을 더욱 의미 있고 가치 있게 보내야 됨은 설명이 필요 없다.

시험이 끝난 모든 학생들에게 그간의 노고와 노력에 대하여 충심으로 격려해주는 프로그램을 학교와 청소년단체 그리고 지방자치단체에서 실시해야 한다. 그간에 쌓인 스트레스를 풀어주고 새로운 활력을 불어 넣어주며 아름다운 추억을 만들어 주는 일이 중요하기 때문이다. 함께 노래 부르기, 서바이벌 게임, 각종 스포츠, 등산대회, 친구와 나들이하기, 등 다양한 프로그램을 전문가와 함께 하는 것이 바람직하다.

백일이상 남은 시간을 의미 있게 보내기 위하여 가정과 학교 및 지역사회의 역할이 아주 중요하다. 삶에 대한 기본을 인식시켜주는 일도 필요하다. 미래사회는 다양한 가치와 상호의존성을 중시하며 생활 하여야 하는 특성을 존중하는 인간관계훈련과 체험활동을 시켜준다.

서로 다른 타인의 주장을 수용하고 의견이 다를 경우 끊임없이 대화를 통하여 공통된 견해를 이끌어 가는 방법을 훈련 시켜준다. 상대방을 배려하고 이해할 수 있는 역할놀이와 야간행군 프로그램의 운영은 적극 권장할 만하다.

시 테크(time tech)에 대한 원리를 체험할 수 있는 기회를 제공해 주어야 한다. 시공학적 사고를 갖고 살아갈 수 있도록 체계적인 시간관리에 의한 생활 체험을 시킨다. 하루의 일과를 중복되지 않고 반복되지 않는 행동의 일원화로 시간을 절약해 가도록 한다.

자아정체성을 확립할 수 있는 프로그램을 진행해 간다. 자신의 존재의의와 사물을 판단하는 가치기준 및 미래에 대하여 심각하게 생각할 수 있는 시간을 갖도록 한다. 명상과 음악의 만남을 통하여 사유하는 프로그램도 의미가 있다.

산악 행군을 하면서 자신을 뒤돌아보는 시간도 좋을 것이다. 자유로운 시간을 미성숙한 자아정체성을 확립하는 기회로 삼아야 한다. 우리나라청소년은 미래에 대한 진로지도가 잘 이루어지지 않고 있다. 이번 기회에 진로탐색을 실시하여 자신의 소질과 취향에 맞는 분야를 찾아서 이에 따른 정보와 지식을 습득하는 기회로 삼아야 한다.

추억을 만드는 다양한 경험을 하도록 기회를 제공한다. 청소년기의 추억은 아주 소중하며 커다란 의미를 지니고 있기 때문이다. 친구와 함께 하거나 가족과 함께 하는 프로그램을 만들어서 정말 재미있고 아름다운 추억이 될 수 있는 시간을 창조해간다.

산골 마을을 방문하여 고구마와 밤을 구워먹으며 옛날이야기를 듣는 프로그램도 재미있을 것이다. 남. 여 학생이 소집단으로 독서토론회를 밤 세워 하는 시간도 아름다울 것이다. 예비대학생프로그램, 예비사회인 체험 같은 프로그램에 적극 참여하는 시간을 제공해주는 일을 권하고 싶다.

수능 이후의 백 십여 일이 일생동안 가장 잊혀지지 않는 추억을 만들고 인생의 장래를 결정하는 중요한 계기가 되어야 한다. 인격을 도야하고 많은 정보와 지식을 습득하기에 부지런해야 한다.

가정과 학교 및 지역사회에서 이러한 프로그램을 추진할 수 있도록 지방 자치단체와 국가에서는 행. 재정 지원을 하여야 한다. 수능 이후의 시간을 뜻있게 보낼 때에 청소년의 미래는 밝아질 수 있다.

6. 유권자의 현명한 선택을 기대한다

　오늘은 계룡 시장과 시의원을 비롯한 대전시 유천동 구 의원 등 일부지역의 선거가 실시되는 날이다. 전국 유일의 초미니 도시의 초대시장과 시의원을 선출하는 의미 보다 내년 4. 15.총선의 예측 잣대가 된다는데 관심이 집중되고 있다.

　중앙당에서 당직자가 대거 몰려와 과열분위기를 조장 시켜 놓은 것도 이 때문이다. 위장 전입의 시비와 각 당 수뇌부의 총 출동에 물고 물리는 상대방 흠집내기와 상대방 비방이 끊이지 않고 있다.

　후보자 발목 잡기에다 원색적인 비난이 난무했던 치열한 선거운동을 마치고 이제는 유권자의 권리가 행사되는 시간이 왔다. 오늘 선거를 통해서 흑색선전과 비방과 과열의 분위기를 접고 차분히 우리 지역발전을 위해서 헌신 봉사할 시민의 참된 대표를 뽑아야 한다.

　이번 선거결과는 내년 총선 에도 영향을 미치게 되기 때문에 공명정대한 분위기 속에서 유권자의 현명한 판단이 절실히 요구된다. 유권자가 기권 없이 모두 나와 진정한 우리고장의 선량을 뽑는다는 인식을 갖고 투표에 참여하여야 한다.

2만여 유권자가 다 같이 참여하여 역사상 최고의 투표율을 높여서 대의민주주의의 표본이 되고 내년 총선의 시범이 되어야 한다. 금권과 왜곡과 인맥의 너울을 과감히 벗어 던지고 공명과 냉정한 판단으로 시민의 대표를 선출하여 선거 혁명을 이루는 계기가 되길 바란다.

자치행정과 의회 민주주의의 진정한 발전은 시민 참여에 있음을 인식하여 기권자 없이 모두 투표하길 다시 한번 촉구한다. 기권자는 자기 권리의 포기는 물론이고 앞으로 시정에 대하여 비평할 권리가 없다. 자신의 의무와 권리를 다한 사람만이 비평하고 책임을 추궁할 수 있다. 이번 선거는 어느 지역 선거보다 많은 후보자가 나와서 과열 혼탁현상을 보이고 있어 시민의 현명한 선택이 중요하다.

당선자나 낙선자 지지자나 반대자 모두가 기쁨의 축배를 들고 화합과 전진을 다짐하는 선거 시간이 되어야 한다. 지역발전은 시민 모두가 함께 하는 중지를 모아 실천해 가는데 있으며 포용과 아량의 리더십이 필요한 때임을 강조한다.

선거는 일상 속에서 후보자가 행한 일에 대하여 평가하고 선택하는 진실한 기능이 수행돼야 한다.

7. 이상적인 서남부권 개발을

대전의 마지막 남은 노른자위 땅인 서남부권 지역이 투기의 열풍 속에 다양한 개발 주체로 혼란이 우려되고 있다. 465만평의 택지개발을 연내 착수될 것으로 보이면서 투기가 초유의 극성을 부리며 난 개발이 예상되기 때문이다.

6.5평(23㎡)이상의 가옥 보유 실 거주자에게 보상하는 토지공사의 규정을 근거로 용계. 상대. 복용. 학하동 인근에는 60년대 서울 주변의 벌집거리를 연상하게 하는 7평짜리 벌집 수천 세대가 들어서고 있으나 시 당국은 속수무책이다. 심지어는 공무원마저도 딱지 집을 매입하고 있는 가운데 위장전입이 크게 늘어나고 있다.

금년 초에는 2천만 원 미만으로 거래되던 벌집이 현재는 2-3배가 오른 오육천만 원에 거래되고 있다. 향후 이주자 택지 공급권을 받을 수 있다는 기대가 작용한 결과이다.

사업주체 마저 토지공사가 34%, 대전시 도시개발공사와 주택공사가 각각 33% 씩 투자하여 공동사업단을 구성하므로 사업 추진에 의견 충돌이 우려되고 있다. 서남부권 개발은 둔산개발의 문제를 반복해서는 안 된다. 도로율을 확대하여 교통체증을 방지하고 녹지대와 시민 휴식공간을 확대할 수 있는 대안을 찾아야 한다.

1단계사업지역의 도로율이 둔산 지역보다 훨씬 적은 19.3%여서 교통 대란이 불을 보듯 뻔한데 이를 수정하지 않을 경우 문제가 클 수밖에 없다. 미래지향적인 교통 영향평가를 철저히 하여야 하며 지정학적으로 녹지와 산지가 많은 현실을 고려하여 자연경관을 최대한으로 살리는 지속가능한 친 환경적인 개발방식을 도입하여야 한다.

도시 개발계획을 무시하고 투기성 신축건물이 늘어나 향후 난개발로 이어질 수 있는 부분은 개발제한 구역을 서둘러서 고시해야 한다. 토지공사와 협의를 거쳐서 이주자 택지 보상문제도 규정을 강화하여 실거주 10년 이상인자와 10평 이상 자에게 보상해주는 새로운 규정 마련을 서둘러야 한다.

둔산의 교통혼잡과 스카이라인의 중복과 단절로 갑천의 공기흐름을 막고 있는 문제를 비롯해서 부족한 녹지대확대조성에 힘을 기울여야 한다. 친환경적이고 인간중심적인 개발철학을 갖고 사업을 추진해 갈 것을 주문한다. 서남부개발은 인간과 자연이 공존한 제4물결 가치를 존중하여 이상적인 개발을 추진하길 바란다.

8. 기업활동을 촉진시키는 지방행정의 서비스를

　지방자치단체의 서비스 제고는 기업유치와 기업활동을 촉진시켜서 지역경제를 활성화시켜 갈수 있다. 행정서비스의 역할과 중요성이 매우 크기 때문에 이의 실천이 필요하다.

　충남 도는 신나게 기업 하는 충남 만들기 시책을 성공적으로 펼쳐서 예상외의 성과를 얻은 것으로 평가받고 있어 지방행정의 새로운 표본이 되고 있다. 신속한 행정지원과 현장에서 문제해결을 통하여 기업활동을 촉진시킨 결과이다. 작년동기 대비하여 기업신장과 유치가 36%가 증가되었고 수출 및 출하증가가 눈에 띌 만큼 성장하였다.

　충남도는 열악한 지방재정을 확보하고 지역경제를 살리기 위한 방법으로 기업체를 유치하고 기업활동을 촉진시키기 위한 행정 서비스를 제공하여 많은 성과를 얻어 타지방자치단체의 귀감이 되고 있다. 충남도가 성과를 걷을 수 있었던 것은 기업인들의 욕구에 맞는 기업지원 시책을 펼친 것이 주효했다.

신규투자의 유치를 위한 방문 기업설명회와 도 차원의 행. 재정 지원 프로그램을 성실히 추진하였다. 물론 도지사도 현장을 맨발로 뛰면서 기업지원과 유치에 많은 시간을 투여하였다.

지역사회 주민들에게 기업유치의 반대보다는 문제점과 대안을 제시하여 함께 문제를 해결하는 노력을 기울였다. 과거 무조건 반대하던 주민들의 의식변화를 위하여 기업유치에 따른 이해. 득실을 따져서 지역사회주민 스스로 대안을 내놓도록 유도하였다.

충남도의 차원에서 불필요하고 불가능한 요소는 과감히 정리하여 행정집적을 통한 효율성을 제고 시켰다. 질질 시간을 끌거나 연구 검토한다는 단어를 불식시키고 투명하며 명쾌하게 지원행정을 실시해갔다.

앞으로의 과제는 국제사회의 변화와 국내 기업환경의 요구에 적절한 인프라를 구축하고 규제를 완화하여야 한다. 국제시장의 분석과 판매전략을 세우고 외국의 신기술 도입과 컨소시움 제도를 적극 활용 하여야 한다.

국제간 산학협력 시스템을 활성화하여 공조하는 방법을 모색하여야 한다. 자연자원과 인적 및 사회적 자원의 활용을 극대화시킨다. 충남도가 갖고 있는 자연자원을 극대화시키기 위하여 기후, 강수량, 토지 등의 특성에 따른 기업유치에 중점을 두는 것이 바람직하다.

I. T.산업과 B. T. 산업 같은 첨단 산업을 유치하여 지역의 기업수준을 높여 가야 한다. 실제로 기업에 이익과 도움을 줄 수 있는 행. 재정 서비스를 확대시켜간다. 과거의 지시적이고 문서위주 행정에서 벗어나 직접 찾아가서 도와주는 주민밀착행정을 펼쳐야 한다.

지역경제가 활성화되어야 지방재정 자립도가 높아지고 풍요로운 삶의 터전을 이룰 수 있다. 그러기 위해서는 지역의 기업유치와 기업활동이 활발하여야 한다.

지방자치단체의 관심과 노력으로 이를 이룰 수 있다는 사례를 충남도가 보여주었다는데 의의가 있다. 지방재정 자립도가 열악한 대전시와 타지방자치단체에 충남도 시책을 도입할 것을 권하고 싶다. 지역의 발전은 기업활동이 활성화되어야 함은 재론의 여지가 없다.

9. 지식서비스 수출 성공해야

　세계는 빠른 속도로 지식 서비스산업이 발전하고 있으며 우리나라는 이 분야에 세계적 수준을 자랑하고 있다. 고부가가치인 소프트웨어, 게임, 문화콘텐츠분야는 세계를 선도하고 있어 이를 수출하는 일은 매우 중요하다.

　효과적인 수출전략은 국가경제를 크게 발전시킬 수 있으며 현실적으로 타결하여야 할 문제이다. 지식서비스산업 개발이상으로 해외수출이 중요한 것은 설명할 필요가 없다.

　한국무역협회 무역연구소가 제시한 지식서비스 수출성공 대안을 수용해 볼만하다.

　지식서비스산업의 연구개발 분야에 과감히 투자하여 기술 노하우를 축적 시켜가야 한다. 해외에 진출하여 성공한 기업들은 한결같이 연구개발에 집중적으로 투자하고 우수인력을 확보한 사례를 본받을 가치가 있다. 투자 없이는 세계시장을 석권할 프로그램을 개발할 수 없으며 특별한 대우를 해줄 때에 우수한 인력을 확보할 수 있기 때문이다.

글로벌 시대에 맞는 마케팅을 하여야 한다. 국내업체는 물론이고 외국업체와 다양한 제휴와 방법을 모색하여 마케팅에 대한 정보를 수집하여 활용하여야 한다. 특히 현지 실정에 맞는 마케팅 전략을 구상하는 것이 중요하다.

고객서비스 중심으로 수출 전략을 세워야 한다. 마케팅을 지식집약적으로 운용하여 지식 서비스도 오프라인 상의 상품 판매 같은 방안 모색이 필요하다. 국제시장의 차별화된 마케팅 전략에의 투자확대를 통하여 지식서비스수출을 증대 시켜가야 한다. 고객에게 감동을 주고 북극에서 아이스크림을 판매하는 지혜와 열정적인 노력이 요구되는 때이다.

지식서비스산업의 수출확대를 위한 적극적인 현지화 전략이다. 현지주민의 욕구와 실정에 맞는 지식서비스 프로그램을 생산 판매할 수 있는 방안이 모색돼야 한다. 수출국의 문화적 배경을 파악하고 전시회에 적극적으로 참여하여 기업제품에 대한 인지도를 높이며 바이어를 감동시킬 수 있어야 한다.

해외 시장을 정확히 파악하고 시장이 요구하는 변화된 사업을 다각화하고 시장의 요구에 맞춰 변화하는 노력을 기울여야 한다. 중국과 동남아를 휩쓸고 있는 한류열풍도 빠르게 변화되고 있음을 인식하여 마케팅전략의 신속성과 유행성을 예측하여 대책을 세우지 않으면 안 된다.

지식서비스산업의 발전은 물론이고 이의 해외 수출을 위한 과감한 투자와 현지화에 적극적으로 개입하여 성공을 거둘 때에 우리나라의 미래 경제는 발전을 가속화시킬 수 있기 때문이다. 격변하는 세계화를 선도할 수 있는 지식서비스산업의 수출확대는 시급하고 당면한 과제임을 인식하기 바란다. 온고지신의 지혜를 찾아 우리의 고유문화와 조상의 생활속에 감춰진 슬기로움을 지식서비스산업에 응용할 가치가 있다. 이의개발과 시스템확립에 더 많은 노력을 기울일 것을 촉구한다.

10. 청소년 성 매매의 다양한 접근을

청소년의 성 매매 증가 이유를 청소년의 당사자 문제, 가정과 학교문제, 사회문제로 제시하고 있는데 문제가 있다. 청소년은 자아정체감이 미성숙하고 가치판단과 다양한 시각차이라는 특성을 고려하여 환경의 희생으로부터 보호받아야 된다는 일반적이고 보편적인 개념을 존중해 주는 사회적 노력이 필요하다.

청소년 당사자의 문제로 성 매매 증가원인을 보는 것에 대하여 동의하지 않는다. 청소년 성매매 증가 원인을 판단능력의 결여와 성 윤리의 미 확립 및 성인의 계략과 계획된 꼬임에 빠진 결과로 볼 수 있다. 이것은 마치 피해자에게 책임을 묻는 꼴이 된다는 주장을 설명하기 힘들다고 볼 수 있다. 당연히 가해자인 성인에게 책임을 묻는 것이 합당하다고 생각한다.

그리고 청소년 당사자의 문제로 사치심과 호기심이라고 결론짓는 것은 문제가 있다. 청소년 발달심리의 자연스러운 부분적인 현상임을 이해하고 이들에게 올바른 가치관과 성교육을 강화 시켜줄 때에 효과를 기대할 수 있다고 본다.

청소년 성 매매 가해자에 대한 획기적인 치료의 기능이 있어야 된다는 주장에 동감하며 사진공개와 가해자 집에 대한 성 범죄자 표시도 검토해볼 문제라고 의견을 제시한다. 찾아가는 청소년 성 매매 예방활동의 도입도 바람직하다고 생각한다. 직장과 지역사회 모임 때에 예방교육을 시키는 방법 등이 있기 때문이다.

청소년 성 매매방지 대책으로 제도와 법률적인 보완이 필요하다고 생각한다. 이를테면 가해자와 동조자는 물론이고 동기유발자, 시설과 기회 제공자에게 엄하게 책임을 물을 수 있도록 법률과 제도를 강화 시켜야 한다.

우리 모두 청소년 성 매매 사범에 대한 관심을 갖고 중지를 모아서 노력할 때에 이문제의 해결의 실마리를 찾을 수 있다고 강조한다. 청소년 성 매매는 성장배경, 가정환경, 지역사회여건, 국가 정책 등의 다양한 방법으로 접근해야 한다. 청소년의 특성을 이해하지 못하고는 성 매매 방지를 위해 이해할 수 없고 합리적인 방법을 모색하기 어렵기 때문이다.

11. 행정수도특별법의 기대

　행정수도 특별법의 국회통과를 앞두고 논란이 뜨거웠으나 이제
는 그 동안의 논의를 바탕으로 전 국민이 중지와 의견을 모아 확
정을 기다리고 있다. 어제 서울 프레스 센터에서 개최된 신 행정
수도 건설을 위한 국민 대토론회에서 특별법 국회통과를 앞두고
국민들의 열정적인 지지를 확인하기에 충분하였다.

　대회의실을 가득 메운 참석자들의 진지함과 논리 정연한 토론은
중지를 모으기에 만족스러웠다. 4당에서 정책의장과 특위위원장이
참석하여 행정수도이전의 당위성에는 찬성하면서 각론 에는 방법
상의 이견을 보여 논쟁을 벌였으나 추후 합일점을 찾기에는 문제
가 없을 것으로 보인다.

　충청권에 행정수도를 건설하는데 수도권의 미온적인 반대와 영
호남권의 무관심 속에 이전의 타당성에 대한 국민의 여론몰이를

못하고 있는데 어려움이 있다. 전국 지역에 있는 충청향우회를 중심으로 행정수도이전의 당위성을 설명하고 홍보하는 전령사가 되어 여론을 확대 재생산하는 노력이 절실하다.

행정수도를 충청권으로 건설할 경우 영. 호남지역에 18조원. 수도권에 12조원의 경제효과가 유발된다는 사실과 서울과 충청권의 연담화가 불가능하다는 전문가의 과학적이고 현실적인 논리를 지역 주민에게 적극적으로 홍보하여야 한다.

전 국민의 반에 가까운 수도권 주민들의 삶의 질을 향상시켜주고 영. 호 남을 비롯한 전국토의 균형발전을 시키고 통일 조국을 향한 다핵 도시건설과 신 행정 수도문제를 연결하는 미래 역사의 중요성을 강조하여야 한다. 행정수도는 충청권의 관심과 문제가 아닌 전 국민의 관심사이며 국가 발전의 대 역사임을 정치권, 학계, 언론계, 재계 등 모든 사람이 인식하여 한 목소리로 특별법 통과를 촉구하여야 한다.

중앙 주요언론기관의 냉담함과 정치인의 미온적인 태도를 국민의 힘으로 바꿔가야 한다. 충청인은 특별법통과를 앞두고 인간관계의 끈을 찾아 국회의원에게 당위성을 인식시키고 범국민적 홍보활동에 총 매진할 것을 촉구한다.

미비한 법안을 보안하여 이번 회기에 반드시 특별법이 통과될 수 있도록 전 국민의 적극적인 참여와 노력을 다시 한 번 촉구한다.

12. 산불, 예방이 최선이다

산불 발생 원인의 대부분은 인재에서 비롯된다. 입산자의 주의와 관리기관의 노력으로 충분히 극복할 수 있는 문제이나 매년 연례행사처럼 되풀이 되고 있어 안타깝다.

민관의 협력과 체계적인 관리가 철저하게 이루어질 때 산불 예방은 가능할 수 있어 본질적인 대책마련이 절실하다. 국민모두의 참여와 합리적인 방안모색으로 사전에 예방할 수 있기 때문이다.

산불의 원인이 입산자의 실화, 논·밭두렁 소각, 담뱃불, 쓰레기 소각에 있음을 직시하여 대책을 세워야 한다. 산림청은 실질적이고 장기적인 대안을 모색하는 일이 시급함을 인식하여야 한다.

해마다 540건의 산불이 발생하여 6400여 ha의 산림이 피해를 보고 있는 현실을 분석하여 보다 적극적인 대책수립이 필요하다. 매년 수립되는 2월부터 5월까지의 산불예방총력전 계획은 올해도 변함없이 추진되고 있으나 산불은 또 발생할 것으로 염려된다. 과학적 분석에 근거한 철저한 시책을 마련하지 못한 결과로 볼 수 있다. 산불예방은 발생예상 시기와 원인에 따른 방안을 모색할 때 효과를 거둘 수 있다.

기상청의 일기예보와 사회적 분위기에 따른 탄력적인 입산통제와 관리체계를 수립하여야 한다. 올 봄철에는 건조한 날씨와 계절풍 영향으로 산불발생의 다발과 대형화가 예견되고 있다. 여기에다 총선 등으로 산불방지대응 역량의 약화가 우려되므로 이에 따른 철저한 대비책을 세우는 것이 바람직하다.

산림청은 무인감시카메라와 헬기 등을 증설하는 계획을 세웠으나 이에 앞서 연중 산불예방에 대한 대 국민교육전략을 수립하여 전 국민을 산불 감시 요원으로 활용하는 방법이 중요함을 강조하고 싶다.

전국의 등산로와 수종을 파악하여 입산 통제와 실화방지방법을 모색해가야 한다. 어려서부터 산불교육을 가정과 학교, 지역사회에서 실시하며 산불발생원인을 근본적으로 차단하는 노력과 대안을 찾는 일이 선행되어야 한다. 주민신고와 관리체계를 지역 특성에 맞게 세워서 다양한 방법을 자율적으로 추진해 갈 수 있어야 한다.

산불은 그 피해가 크고 원상회복에 이르기 까지 오랜 시간이 소요되므로 사전에 예방하는 일이 최선의 방법이다. 산불예방은 장기적이고 지속적이며 과학적으로 이루어질 때 효과를 기대할 수 있음을 인식하기 바란다.

13. 사이버 청정학교 기대해도 되나

학생들의 삶은 인터넷을 빼놓고는 말 수없을 정도로 생활 속에 깊숙이 정착되었다. 학습활동과 학교과제는 물론이고 정보를 검색하고 지식을 찾게 된다. 이성 친구와의 교제를 비롯한 다양한 사람과 의사표현 및 사회관계를 말이나 편지대신 이메일을 이용하고 있다.

빠르고 손쉬운 컴퓨터를 통한 인터넷세계는 우리의 생활방식과 수준을 확 바꿔 놓았다. 홈뱅킹, 홈쇼핑, 채팅, 각종예약이 컴퓨터를 통해서 이루어지고 있다. 앞으로 유비쿼터시대의 도래는 더 많은 정보접촉과 빠르고 편리한 세상을 만들어 가게 된다.

세계 제일의 인터넷 강국이라는 우리의 자부심에 앞서 인터넷범죄가 기승을 부리고 음란물이 판쳐 전통윤리와 가치를 파괴하는 역기능을 극복하는 일이 당면문제다. 정통부는 전국에서 처음으로 경기도 와 서울에서 한 학교를 선정하여 사이버 청정시범학교를 운영하기로 했다.

심각한 사이버 폭력, 언어왜곡, 문자공해, 자살, 게임중독 등의 역기능을 방지하고 건전한 사이버문화로 자리매김 하기위해서 시범학교를 운영한다. 이 학교는 시범교육을 실시하여 불법음란물을 차단하고 폭력물을 삭제하며 소프트웨어를 선별하는 과정을 설치하여 청정한 사이버교육을 하게 된다.

문제는 익명성에 의해서 모든 관계가 이루어지므로 가상공간에서 예절과 규범을 무시하고 명예와 인격을 모독하는 부도덕행위가 자행되고 있는데 이의 극복과 대안마련이 시급하다. 가상공간에서의 행위도 실제 공간 같은 인식아래 이루어지지 않으면 안 된다. 처음으로 실시하는 용인의 신촌 중학교가 사이버 청정학교로 성공하여 이의 모형이 전국으로 확산되길 바란다.

인터넷 예절교육을 강화시켜서 송수신자가 지켜야 할 규범을 실천하도록 교육하고 지도하는 일이 중요하다. 정통부가 추진하는 사이버청정학교는 학부모, 지역주민의 참여와 협조가 있어야 한다.

학부모, 주민, 교사가 공동으로 사이버감시단을 조직하여 인터넷공간을 검색하고 문제를 찾아내서 대책을 마련해 갈 때 성공할 수 있다.

14. 종합적 쓰레기 대책 세워라

　대전시의 잘못된 근시안적인 쓰레기 시책이 시민건강을 위협하고 있는 가운데 소송에 휘말리는 등 사면초과에 이르러 당면한 사회문제로 제기되고 있다. 15년 전부터 비위생 매립장, 택지공장, 도로, 나대지 등 60곳에 4백24만 톤의 쓰레기를 침출수방지 차단막설치도 하지 않은 채 산업폐기물과 생활쓰레기를 구분 없이 마구 버려온 결과 환경오염과 주민반발을 사고 있다.

　97년에는 유성 교촌리에서, 2002년에는 서구 복수지구에서, 지난해는 천변고속화 도로건설 현장에서 쓰레기가 무더기로 발견되어 대전시는 어느 곳을 파나 쓰레기가 나오는 쓰레기더미위의 도시 같은 이미지로 각인시키고 있다. 쓰레기는 악취발생은 물론이고 암, 다중 증후군 선천적 염색체 이상가능성이 정상인보다 40%나 높게 나타날 수 있는 것으로 밝혀졌다.

카드뮴. 트리클로로에틸렌, 등의 오염물질이 발생하게 된다. 또한 토양 오염은 물론이고 지하수와 하천을 오염시키는 주범이 되고 있어 철저한 관리가 필요하다. 비가 오면 검은 기름띠가 도로 위를 흘러내리고 침출수가 갑천 지류에 흘러들어 생태계를 위협하고 있다.

대전시는 쓰레기피해로 인한 서구 봉곡동 거주 송 모 시민이 소송을 제기하자 뒤늦게 비위생 매립지 60곳의 77만㎡에 방치되어 있는 531만 톤의 쓰레기 정비계획을 수립한다며 야단을 떤다. 인간이 사는 곳에는 쓰레기가 발생하기 마련이며 이를 잘 관리하지 않을 경우 엄청난 피해가 우리에게 되돌아온다는 사실을 명심하여야 한다.

생활쓰레기, 건축폐기물, 산업폐기물 등을 엄격하게 구분하여 체계적이고 합리적으로 관리해가는 노력이 절실하다. 이에 따른 미비한 법률개정 등 종합대책수립을 서둘러야 한다. 현행법은 폐기물을 방치할 경우 공소시효가 3-5년에 불과하므로 이 기간만 넘기면 면제되는 약점을 악용하여 교묘하게 쓰레기를 불법 투기하는 사람이 줄어들지 않고 있다.

환경사범에 대한 공소시효를 대폭 연장시켜야 한다. 아울러 시민 환경교육도 강화시켜서 쓰레기 줄이기 운동을 전개하고 환경오염 감시와 고발 체계를 확립시켜가는 일도 병행하여야 한다. 쓰레기는 소비양식의 합리화와 재활용방법을 도입하여 줄여가는 일이 최선의 방법이다.

대전시는 쓰레기 종합대책을 합리적이고 장기적인 차원에서 수립해주길 당부한다.

15. 혹서 극복에 지혜 모아야

10년 만에 찾아온 불볕더위가 대지를 연일 달구고 있다. 40도를 육박하는 더위에 목숨을 잃는 일까지 속출하고 있어 우리를 더욱 고통스럽게 한다. 80대 할머니가 한낮에 텃밭을 매다가, 50대 인부가 공사현장에서 일사병으로, 10대 학생이 물놀이를 하다가, 변을 당하는 일이 곳곳에서 일어나고 있다.

소, 닭 등 가축피해도 만만 찬다. 폭염에 대처하는 무지로 익사와 탈진으로 죽거나 입원하는 사람이 늘어나고 있으며 영. 호남지역은 가뭄까지 겹쳐서 이중삼중고를 격고 있어 대책이 절실하다. 지구촌 곳곳이 재난피해를 보고 있는데 지난해는 독일, 영국, 프랑스, 이탈리아 등 유럽에서 더위로 인해서 1만5천명이나 사망하였다. 기온이 36도가 넘으면 30도 때보다 사망자수가 50%이상 늘어난다.

물론 자연재해 극복은 인간의 힘으로는 한계가 있으나 할 수 있는 일마저 외면하거나 소홀히 해서는 안 된다. 소방방제청에서는 정부차원의 재난 및 안전관리 기본법에 무더위도 재난에 포함시키는 방안을 마련하고 있다. 폭염주의보를 발령하며 이에 따른 행동매뉴얼을 마련할 계획이다.

　체감온도 기준으로 열 재해 지수를 만들고 건교부에서는 폭염 때에는 공사중지 명령을 내리고 야외현장 노동자에게 오침시간 부여하도록 하였다. 작업복에 아이스 팩 조끼착용, 탄력시간 근무제, 자유복장착용, 등의 혹서 대처방안을 수립중이다. 수난구조장비배치, 인명구조반편성, 마을방송시설, 가두방송차량, 피서대처요령을 알리는 전광판설치, 물놀이 안전사고예방홍보, 등의 노력을 기울이게 된다.

　혹서문제는 전 인류차원에서부터 개개인에 이르기까지 철저하게 준비하고 대처하지 안 으면 대 재앙을 볼 수 있다. 개개인은 혹서 대피요령을 숙지하고 수자원절약 등 현명하게 대처하여야 한다. 국가는 생태친화적인 도시건설과 관리를 지속적으로 추진해야 한다.

　국제적으로는 지구 온난화 현상방지 등 기후협약정신을 지켜야 한다. 불쾌지수가 87을 넘고 있어 신경이 날카롭고 온 국민이 짜증을 느끼는 혹서를 양보, 질서, 예절의 미덕으로 극복해가는 노력이 절실함을 인식하기 바란다. 혹서극복의 근본도 인간의 마음 다스리기의 지혜와 물리적 시설구축의 기술에 있다.

16. 시설점검에 만전을 기하라

어린 목숨을 앗아간 엊그제 발생한 대전 송강동 어린이집 붕괴 사건은 우리사회의 안전 불감증을 단적으로 보여주는 인재이다. 입학식을 하던 어린이가 영문도 모른 채 천정의 대들보가 무너져서 1명이 사망하고 3명이 중경상을 입었다. 천정을 받혀주는 지주는 견고한 철근콘크리트로 시공하여야 함에도 불구하고 철근 한 토막 쓰지 않고 조적식 벽돌로 쌓아서 하중을 견디지 못하여 힘없이 무너져 내렸다.

불신과 개인의 이익만을 추구하는 아노미사회가 빚은 단면이기에 더욱 가슴 아프다. 남의 목숨은 잃어도 내 자신 돈만 벌면 된다는 왜곡된 가치관이 비극을 생산해 낸 결과이다.

건축한지 불과 7년밖에 안 되는 건물이 무너지는 부실공사에 대하여 준공을 승인해준 당국과 안전점검 대상제외 건물이라고 방치한 행정당국의 한심한 처사도 지탄 받아 마땅하다.

부도덕성과 비인간적 행위가 빚어낸 반복되고 있는 불안한 어린이 시설은 물론이고 사회 안전시설을 철저하게 관리하여야 한다는 시민의 목소리를 더 이상 외면해서는 안 된다.

무슨 사고가 발생하면 호들갑을 떨다가 시간이 지나면 아무 일도 없었던 양 태연한 사회 풍토도 문제이다. 천안 성황동 초등학교에서 발생한 화재로 12분 만에 25명의 사상자가 발생한 사건, 23명의 어린 목숨을 앗아간 씨랜드 청소년수련원 화재사건, 25명의 사망자가 발생한 인천 호프집 화재사건은 아직도 기억이 생생하다.

해빙기인 봄철이 다가오고 있다. 이 또한 해마다 반복되는 축대붕괴, 화재 등의 재난발생이 높은 계절이다. 이에 행정당국은 물론이고 전 국민이 안전의식을 갖고 편안하고 안전한 터전을 꾸려가는 데 앞장서야 한다. 천재지변도 발달한 과학 기술로 막으며 줄여가는 선진국의 모습을 이제 우리도 실천해가야 한다.

국민의 안위와 재산을 지켜주고 보호해주는 일은 국가의 우선적 책무임을 명심하여 철저한 대책을 세워 실천해 가야 한다. 부주의와 과실은 행정서비스와 시민노력으로 극복할 수 있는 문제다. 더이상의 인명피해가 발생하는 일이 없도록 합리적인 관리체계를 세워야 한다. 특히 어린이 안전에 국가와 사회가 적극 나서 시설물의 정기적인 점검을 실시하고 건축허가 기준을 강화시켜서 안전하고 튼튼한 건물을 만들어가도록 하여야 한다. 아무리 강조해도 지나침이 없는 시설안전을 위하여 사전에 만반의 준비를 촉구한다.

17. 지방인재 채용목표제 실시돼야

　열악한 지방대학의 교육여건과 사회적 실정을 고려하여 내년부터 지역인재 추천채용제도를 도입하여 6급 공무원을 특채하고 2007년부터 행정고시와 외무고시에 20%씩 지방대학 출신자를 채용하겠다는 정부의 방침에 기대가 모아진다. 전국교수연대에서도 지역균형발전 특별법에 취업할당제를 추가삽입하기로 결의한 것도 잘한 일이다.

　지방대학생이 전국대학생의 70%를 차지하고 있으나 행시와 외시 합격 율은 14.4%에 불과한 실정이다. 대학뿐만 아니라 모든 분야에서 서울과 지방은 차별과 불평등 구조 속에서 생활해 왔기에 이번 계획이 상징적 이지만 지방대학생에게 용기와 격려를 줄수 있다는데 의미가 크다.

　지방대학 출신자는 지방의 불합리한 임금구조와 열악한 근무환경으로 노동시장 진입도가 낮은 반면 실직 율이 높게 나타내고 있는 현실이다. 지방대학의 열악한 재정 때문에 시설부족 등으로 서울에 비해 교육경쟁력이 떨어지고 있다. 취약한 지역경제는 충분한 고용창출의 기회를 제공하지 못하고 있어 지방대학 출신자는 취업에 이중고를 겪고 있다.

서울과 지방의 임금차이는 지역인재의 지방외면을 부추기고 있는 요인이다. 물론 지방대학의 통폐합과 빅딜 등을 통한 자구적인 노력으로 경쟁력을 높여야 함은 당연한 일이지만 이에 따른 과도한 예산확보와 불평등한 지방의 여건은 지속적으로 해결해가야 될 문제이다.

지역 균형발전이 이루어지지 않고 있는 현실을 감안 해볼 때에 이번조치는 환영할 만하다. 일부에서는 헌법의 평등권정신과 기회 균등공정경쟁에 위배한다는 논리를 펴고 있으나 취약계층의 보호와 모든 국민의 행복권 추구라는 차원에서 볼 때에 문제가 될 수 없다.

지방은 서울에 비해 국가예산배정의 불공평을 감내하면서도 위헌시비를 자제한 것은 국가 발전이라는 거시적이고 대아적인 시각을 가졌기 때문임을 인식하기 바란다.

지방과 서울이 공존하면서 기능과 역할 부담이 이루어지는 조화로운 정책개발이라는 차원에서 이번 정책에 의미를 부여해 보고 싶다.

18. 하천 쓰레기 시민의 힘으로

시민의 생활을 풍요롭게 해주는 대전의 3대 하천둔치가 쓰레기로 몸살을 앓고 있다. 시민이 매일 버리고 가는 쓰레기가 1만 2천 톤에 달하고 있으며 주말과 공휴일에는 20-30%씩 증가하고 있는 실정이다.

도심을 흐르는 맑은 물의 소망은 쓰레기 무덤으로 변하지 않을까 심히 우려된다. 쓰레기 증가는 하천오염과 시민에게 불쾌감을 주는 것은 물론이고 엄청난 수거비용이 들기 때문에 문제가 심각하다.

대전의 3대하천은 도심을 관통하고 있어 불투수층이 증가되어 함부로 쓰레기를 버리면 부패가 심하여 악취를 풍기게 된다. 쓰레기가 하천으로 유입될 경우 하천수의 유기물농도증가, 용존산소농도감소, 외관색성문제, 침전물증가, 오염도 증가로 인한 생물의 다양성 존재를 파괴하거나 감소시켜서 본래의 기능을 발현할 수 없게 된다.

종국에 가서는 죽음의 하천으로 변할 수 있음을 알아야 한다. 이렇게 될 경우 시민의 피해는 물론이고 시 재정에도 커다란 부담을 주게 된다. 이를 근본적으로 방지할 수 있는 길은 시민의 노력뿐이다. 하천본래의 기능을 유지시켜 시민의 휴식공간으로 이용하려는 노력은 시민정신의 자발적인 정화관리의지에 달려 있다.

하천은 자연성과 연속성을 배려하고 시민의 노력으로 자연보전 행위가 정착되어 갈 때에 제 기능을 다하게 되어 시민의 사랑을 받게 된다. 하수도정비와 배출 수와 쓰레기 투여를 강력하게 규제하여 시민의 사랑받는 하천을 만들어 가야 하는 이유가 여기에 있다.

대전시민의 사랑받는 대전 천, 유등 천, 갑 천으로 거듭나고 시민에게 꼭 필요한 하천으로 유지, 보전되기 위해서는 전 시민이 하천 가꾸기에 동참하지 않으면 안 된다. 자연 형 하천 가꾸기 운동을 벌여야 하며 재래종 버드나무를 천변에 식재하여 3대하천의 상징 종을 만들어 가꿔가는 노력을 기울일 필요가 있다.

대전시 당국은 쓰레기뿐만 아니라 하천 전체를 총체적이고 통합적으로 관리할 수 있는 시민 실천방법을 제시하여 추진해가야 한다. 하천을 오염시키는 일은 일순간에 이루어지지만 이를 정화하고 원상으로 회복시키는 일은 많은 경비와 시간이 소요된다는 사실을 인식하기 바란다.

19. 혈액관리 선진화돼야

엉터리 혈액관리로 에이즈, 간염, 말라리아 등에 감염되어 목숨을 잃는 일이 발생하자 여론이 들끓고 있다. 바이러스, 병원균 등이 있는 혈액을 수혈할 경우 감염을 피할 수 없어 철저하게 관리하는 방법밖에 없다.

혈액은 국민의 생명을 담보한 치료와 건강을 위한 중요한 요소임에도 소홀하게 엉망으로 관리되어왔다. 정부로부터 혈액업무를 위탁받은 대한 적십자사의 구태의연한 엉터리관리는 직원 몇 명 구속으로 끝날 일이 아니다. 근본적인 문제해결을 위한 노력이 수반되어야 한다.

적십자사는 헌혈자의 과거 병력조회를 하지 않은 채 마구잡이식으로 채혈을 해왔다. 헌혈자의 이름을 잘못 입력하고 혈액 판정을 잘못해서 에이즈에 감염된 혈액을 146건을 유통시켰다. 혈액관리는 고도의 전문성이 필요한 분야로 전문의사가 업무를 수행하여야 함에도 불구하고 전국16개 혈액원장 모두가 비 의료진으로 구성되어 있다.

혈액관리법상 채혈부터 의사가 하도록 되어 있으나 간호사가 전담하고 있다. 업무 위탁이후 혈액문제를 국가정책차원에서 완전히 제외시켜서 관리의 사각지대로 만든 것 도 문제이다. 여기에다 헌혈자의 급감으로 양질의 채혈이 어려워 마구잡이식으로 헌혈을 받고 있다.

대전. 충남혈액원에 따르면 최근 에이즈와 간염 양성반응 혈액 유통사실이 알려지면서 헌혈인구가 급감하고 있어 헌혈에 어려움을 겪고 있다. 지난 2. 3월에 증가를 보이던 헌혈이 4월부터 계속 줄어들고 있어 재고가 하루 수요량의 25%에 이르고 있다.

헌혈이 주로 군인, 학생, 단체에 의해서 이루어지고 있어 국민참여가 절실하다. 에이즈 감염 위험군 집단헌혈을 부추기는 헌혈기록카드의 문제점 보완과 전산체계를 통합하여 관리운영 하여야 한다.

혈액관리를 선진화하고 국민건강을 증진시켜가기 위해서 첫째, 국민이 참여하는 헌혈체계를 확립하여 안정된 양질의 혈액을 확보하는 일이다. 둘째, 혈액에 대한 완전한 관리체계를 확립하여 헌혈자의 병력조회 등을 철저하게 관리돼야 한다. 셋째, 국가차원의 혈액정책을 마련하여 합리적인 지도감독을 강화시켜 가야 한다. 넷째, 적십자사의 사명감인식과 대대적인 혁신이 필요하다.

국민의 생명과 건강이 직결되는 혈액관리를 정부와 시민단체가 나서서 감시하고 홍보해 갈 때에 문제해결이 가시화 될 수 있다.

20. 경기도, 교육여건 개선돼야

　다른 지역보다 열악한 경기도 교육여건이 개선돼야 한다며 시민단체가 발 벗고 나서 귀추가 주목된다. 전국최하위인 경기도의 교육여건 개선 없이는 양질의 교육을 시킬 수 없다는 데 뜻을 같이 한 경기도교원단체연합회, 전교조경기지부, 참교육학부모경기지부, 등 14개 시민, 교육단체가 경기도 교육여건 개선을 위한 도민운동본부를 출범시켰다.

　지난 15년간 학생은 계속 늘어나는데 이에 따른 시설. 교원확보 등 교육여건은 그대로 있어 부실교육이 우려된다는 주장이다. 과밀교실이 당면한 문제인데 경기도의 경우 학급당 학생1인을 감소시키는데 1조원의 예산이 소요되기 때문에 특단의 조치가 필요하다. 경기도 교육시설의 악화는 불합리한 지방재정교부금의 배분방식, 행자부의 전체공무원수 통제, 건교부의 그린벨트 규제가 주원인인 것으로 지적되고 있어 정책적 결단이 필요하다는 주장이다.

행자부의 교원수급통제권을 교육부로 이관해 교원수급을 원활히 해야 한다는 논리이다. 이들은 2006년 교원수급계획 확대를 요구하는 항의와 대책마련을 촉구하는 집회를 행자부 앞에서 벌리고 있다. 부족한 학교와 교원 수를 늘여서 교육여건을 개선하기위한 특별법제정 도민100만인 서명운동전개와 대통령에게 교육여건개선을 요구하는 엽서보내기 운동을 전개하기로 했다.

경기도는 타 시. 도와 달리 매년인구가 늘어나기 때문에 적절한 예산지원을 해줘야 한다. 운동본부는 열악한 교육여건개선의 시급성을 인식하고 물리적인 행동을 취하고 있는데 불상사가 발생하지 않도록 유의하기 바란다. 정부에서는 실상을 파악하고 빠른 시일 안에 대안을 모색하는데 최선을 다해야 한다. 당국은 수도권 경기도에 합당한 교육여건을 마련하여 양질의 교육을 시켜가는 노력을 게을리 해서는 안 된다.

수도권정비법에 묶여 생활에 많은 불편과 불이익을 보고 있는 경기도민에게 자녀마저 불평등하고 불합리한 정책을 지속한다면 엄청난 도민의 저항이 있을 것은 자명한 이치이다.

경기도 교육여건개선을 위한 우선 예산배정과 필요한 학교용지 확보를 위해 그린벨트 해제. 교육채권발행 등 다각도로 방법을 모색하여 예산을 확보해야 한다. 국민의 교육평등권과 지역차별정책은 사라져야 됨을 강조한다.

21. 지자체 예산낭비 심하다

　지방자치단체의 당면문제중 하나는 효율적이고 합리적인 예산집행이 이뤄지지 않고 있다는데 있다. 평택시의 경우 예산운용기법과 행정미숙으로 인한 예산낭비가 심하다는 시민의 불평이 확대생산 되고 있는 현실이 그러하다. 평택시연간예산은 5천6백억 원에 달하고 있는데 이의 계획과 집행에 많은 문제를 지니고 있다.

　평택시는 통합시 출범, 10년을 맞고 있으나 구조조정의 지연으로 방대한 조직은 예산낭비로 이어지고 있다. 사업결정과 집행을 실. 국장에게 위임하여 행정의 신속성을 기대했으나 시정의 전체를 아우르는 종합행정의 특성이 외면된 채 부처이기주의 모순과 협력체계가 미흡한 현실이다.

　시장의 시정 챙기기의 미흡은 혈세낭비로 이어지기 마련이다. 시 기획실에 대학교수와 민간인과 계약을 맺어 월130만 원에서

100만 원씩을 지불하여 수천만 원을 쓰고 있다. 공무원이 할일을 전문 인력에 전가해 예산을 낭비하고 있는 전형적인 표본이다. 연간 수십억 원이 넘는 용역비도 낭비적 성격이 많다는 지적이다. 평택시가 시민건강증진과 우수선수 조기발굴을 위해서 건립한 서부. 이충동 수영장이 국제규격미달로 무용지물이 되고 있다. 시, 군, 통합10년을 맞아 통합사발간에 억대의 예산을 투여하고 있는 것이 바람직한가를 따져봐야 한다.

전시행정, 생색내기사업의 소산으로 볼 수 있다. 용역심사에 대한 조례제정을 서둘러 시행해야 하며 지역자원을 합리적으로 동원하고 활용하는 두뇌협력행정이 아쉽다. 예산집행의 효율화를 기하기 위해 지역대학의 인적자원과 시설자원을 현명하게 활용해야 한다.

용역, 협력, 공사 등의 발주를 지역민을 외면할 때 시민의 비협조와 저항이 따른다는 사실을 명심해야 한다. 평택은 소사동 주거지 개발, 팽성지역 미군부대용지 매입, 등 외부자원유입과 국가정책결정에 따른 국책사업이 많은 곳으로 시민화합과 투명하고 효율적인 예산집행이 절실하다.

예산집행의 효율성은 도. 농 통합의 부정적 감정을 극복하고 시민화합과 자원동원을 합리적으로 추진해갈 때 이루어질 수 있다. 우선 도. 농 통합 시의 과대한 인력감축을 위한 조직개편으로 인건비를 줄여야 한다.

경쟁력 있는 도시건설을 위해서 전략산업육성체계를 구축하여 예산을 집중투자하고 낭비성예산을 줄여가는 지방행정이 절실하

다. 평택시를 비롯한 지방자치단체에 대한 중앙정부의 감사기능강
화와 시민단체 감사참여활동을 촉구한다.

22. 지역대학과 지자체의 관계

　치열한 국제경쟁에서 우의를 점하려면 국가는 물론 지자체의 합리적인 자원동원과 효율적인 활용의 지혜가 창출돼야 한다. 국가경쟁력은 창의적 지식, 인적자원양성, 기술혁신이 원활하게 이뤄질 수 있는 협력시스템 마련이 중요하다. 지역경쟁력도 이러한 이론에 반론의 여지가 없다.

　지자체실시 10년이 지나는 동안 대부분의 지자체는 인적자원을 지역대학을 통해 얻고 있다. 충북 영동군의 경우 지역대학에서 지역주산품인 포도가공 기술을 개발하여 고소득을 올리고 있다. 대부분 지역대학이 보유한 기술과 인력을 활용하여 지역특산품을 개발하므로 지역경제발전에 기여하고 있다.

　미국의 한 여론조사 결과가 기업의 입지 조건으로 우수인력확보를 가장 중요한 요소로 나타났듯이 대학 인력은 지역발전의 중요한 요인이 된다. 지방화, 세계화를 내건 우리나라의 많은 지자체가 지역대학과 긴밀한 협력관계를 맺어 국제경쟁력을 키워가는 것도 이 때문이다.

대학은 인재육성과 지역발전의 아이디어와 지식자원을 제공하는 기능을 담당한다. 대학을 중심으로 도시가 형성된 외국의 사례가 입증해주듯이 대학은 지자체발전의 동기제공과 씽크탱크 역할을 해주고 있다. 미국의 실리콘밸리는 지역대학인 스턴포드대학의 과학적 지식과 기술을 제공받아 세계적인 과학기술도시로 발달시켰다.

지자체는 지역의 정치, 경제, 사회, 문화 등 총체적인 발전을 위해서 지역대학의 인력을 활용해야 한다. 평택시의 경우 수도권이 갖고 있는 지리, 사회, 인문적인 장점을 지역대학과 협력하여 개발전략을 추진해갈 때 높은 효과를 기대할 수 있다.

정학(政學)협력은 신지식 창출은 물론 지방행정의 시너지 효과를 기대할 수 있기 때문에 상호 긴밀한 협력이 필요하다. 인구 39만 명에 연간 예산 5천6백억 원규모의 시 살림살이의 효율성을 높이기 위한 정책개발을 대학에서 담당할 경우 지금보다 행정효율이 크게 향상될 것이다.

평택시 관내에는 2개의 대학이 있으나 시는 대학기능발현을 돕고 협력을 구하는 일에 매우 소극적이어서 안타깝다. 사회복지 용역을 평택시 사정을 모르는 경상도 모 대학에 수억 원을 주어발주하고 지난달엔 교류협력협정을 타지역대학과 맺는 등 지역대학자원을 활용하지 않고 있다. 이것은 지자체의 자원낭비며 대학기능을 외면하는 처사로 비난받아 마땅하다.

평택시는 유통, 서비스산업, 관광, 여가개발, 교통, 물류, 도시, 정주, 사회개발, 교육, 인력양성, 환경경관을 비롯해서 특별지원사업 추진을 효율적이고 미래지향적으로 추진하기 위한 인적자원 활용방법을 지역대학에서 찾는 것이 합리적이다. 지역대학은 지역여건과 실정을 가장 잘 알고 지역연구 성과가 축적돼 있기 때문이다.

단체장은 정치적 상황을 극복하고 사심 없는 시정(市政)수행을 해가야 되는 이유가 여기에 있다. 물론 대학의 지역실정에 맞는 우수인력 배출과 역량강화를 위한 노력도 필요하다. 지자체는 관내기업체의 필요인력 수요를 파악하여 지역대학에 제공하고 지역대학에서는 이에 적합한 맞춤식 현장교육을 실시하여 체계적이며 실질적인 인적자원을 공급해 가야한다.

산업이외에도 지역문화와 역사, 교육과 예술 등 종합적인 발전전략을 위해서 상호밀접한 관계가 이루어져야 한다. 평택시는 지역대학과 소원한 관계를 청산하고 긴밀한 협력체계를 마련하여 지역발전을 위해서 고급 인적자원을 활용해 가기 바란다.

지역사회를 통합시켜서 시민의 단결과 자긍심을 키워가는 일은 단체장의 중요한 역할임을 인식해야 한다. 지역에서 필요한 과제수행에 따른 창조적 사고와 발상의 저력이 젊은층에 많기 때문에 지자체에서 적극적인 지원을 해줘야 한다.

미국 실리콘 밸리의 대표적 간판인 마이크로 시스템스, 넷스케이프, 야후도 모두 젊은이의 참신한 아이디어를 개발해서 출발됐음을 생기할 필요가 있다. 지자체는 다가올 유비쿼터스 시대를 준비하며 지역대학과 협력의 필요성을 인식하기 바란다.

대학의 두뇌자원을 활용하여 지역이익을 창출할 수 있는 지식기반 기능을 대학이 전담하고 지자체는 대학발전을 위한 질 높은 행정서비스를 제공해 주는 노력을 기울여야 한다. 대학과 지자체는 아름다운 상생이 원칙을 지켜 갈 때 바람직한 관계가 설정될 수 있다.

24. 기대되는 학생취업학교 운영

　백만 명을 상회하는 청년실업자와 불경기의 지속은 대학졸업예정자의 마음을 애태우고 있는 현실을 고려하여 경기도에서는 대학졸업예정자를 대상으로 취업학교를 오는28일부터 11월4일까지 운영한다. 이 프로그램은 채용기업체와 취업학생간의 사전조정을 통한 합리적 취업과 효율적인 채용을 위해 실시된다.

　맞춤취업기회를 기업체에 제공하므로 기업체는 사전평가제를 통해 취업률을 높일 수 있는 장점이 있다. 이번계획은 졸업예정자를 대상으로 실시되는데 4년제 대학졸업예정자를 3회에 걸쳐서 375명과, 2년제 전문대학졸업예정자를 1회에 125명을 온라인을 통해서 14일부터 23일까지 모집한다.

　교육내용은 경쟁력 있는 이력서 작성 및 자기소개서 작성전략, 인터뷰, 면접, 이미지전략 등 실질적인 채용에 대응하는 구체적이고 실질적인 교육을 실시하게 된다. 외국인기업과 국내대기업체의 인사담당자가 모의 면접을 실시한다.

바늘구멍에 낙타 들어가기라는 좁은 취업에 도움을 주려는 지자체의 노력에 기대를 걸어본다. 그러나 경기도에서 실시한 일자리 만들어 주기 사업이 대부분 불안정고용으로 장기적으로는 실효를 거두지 못하고 있다. 졸업예정 대학생을 위한 취업학교도 별효과 없이 생색내기와 언론플레로 끝날까 염려된다.

본질적인 문제는 경기도 지역에 기업체를 많이 유치하여 일자리를 창출하여 취업기회를 확대 제공해 주는데 있다. 졸업생에게 맞춤식교육을 시켜서 졸업 후 기업체에서 채용해갈 수 있는 교육이 우선돼야 한다.

취업확대는 기업체, 대학, 지자체, 국가의 협력체계를 확립하여 공동노력을 기우려 갈 때 효과를 걷을 수 있다. 장기적으로 지자체에서 지역대학의 취업훈련을 위한 예산을 지원해 주는 것이 바람직하다.

대학과 기업체간의 실습협력을 맺어 재학 중 맞춤식교육이 이루어질 때 취업효과는 높아질 수 있다. 이번경기도에서 처음으로 실시하는 대학생 취업학교운영이 효과를 거두기 위해 당국의 실질적이고 적극적인 취업처 소개와 알선에 최선을 다할 것을 주문한다.

25. 수도권공장건설 허용해라

융통성 없는 경직된 국가정책 때문에 대기업체가 공장 신·증설을 못하고 있어 대책이 시급하다. 경제부총리와 건교부장관의 시각차도 문제를 어렵게 만들고 있다. 경제부총리는 7월 수도권에 첨단공장 신·증설문제를 사안별로 검토하여 8월안에 확정짓겠다고 발표했으나 오리무중이다. 19일 상공인조찬간담회에서 건교부장관은 수도권 공장신설은 공공기관과 행정복합도시 건설이 완료되는 2012년 이후 신중히 검토하겠다고 밝혔다. 건교부장관은 국토의 12%인 수도권에 48%의 인구가 있어 과밀문제가 심각하기 때문이란다. 경쟁의 집적과 집중효과를 외면한 사고다.

정책결정자의 미혼적인 태도와 비체계성은 기업의 생존과 국가경쟁에 악영향을 미친다는 사실을 인식해야 한다. 허가지연으로 LG그룹전자계열사 파주LCD클러스터 합류도장기 등4곳이 표류하고 있다. LG그룹은 파주LCD클러스터의 시너지를 극대화하기 위해 LG전자, LG화학, LG이노텍, LG마이크론 계열사4곳을 동반 진출하기로 했으나 규제에 묶여 발만 동동 구르고 있다. 투자금액도 1조원을 넘는 대규모인데 정부의 규제가 발목을 잡고 있다.

이들4개 공장신축 건설부지는 30-40만평 수준으로 완성될 경우 원료, 부품, 완제품으로 이어지는 생산완결체제를 구축하여 물류비용을 절감시키고 효율성을 높여서 국제경쟁력을 높일 수 있다. LG필립스는LCD의 7세대 공장을 내년상반기 본격가동을 앞두고 아직까지 4개 계열사 동반진출이 수도권규제법에 묶여 진전을 못보고 있다. 또한 연천에 12만평규모로 추가조성하려는 협력업체 단지도 문화재발굴에 따른 문화재청의 재조사요청으로 진전을 못보고 있다.

규제의 대명사처럼 알려진 우리나라의 정부는 중국, 네덜란드, 영국 등 외국의 원 스톱 시스템으로 신속하게 처리해주고 있는 현실을 외면해서는 안 된다. 지자체에서도 규제완화를 위한 강력한 건의 등 적극적인 행동을 취할 것을 권고한다.

1조원이 넘는 예산이 경기도에 투자될 경우 대규모의 고용 창출이 된다는 사실을 인식해야 한다. 정부는 경쟁력제고를 위한 과감한 규제를 풀기위한 대책을 조속히 마련하기 바란다. 참여정부 들어와서 규제완화는 고사하고 세계에서 기업하기 가장 어려운 나라가 한국이다. 반기업정서를 불식시키고 기업육성에 적극적인 정책 배려가 절실하다.

26. 문제 많은 사회복지제도 개선돼야

　어려운 사람에게 지원되는 기초생활 보상수급제도가 고소득자에게 지원해주는 어처구니없는 일이 벌어지는 등 복지제도에 문제가 많다. 건강보험제도 역시 고소득자가 피부양자로 등록돼 건강보험료를 한 푼도 내지 안 는 제도적 모순이 있다.

　사회복지제도의 본질은 자립능력이 없는 사람에게 물질적 정신적 서비스를 해주어 생존권과 인권을 보호해주는 데 있다. 빈민층의 혜택은 외면되고 부유한 사람이 혜택을 보는 제도는 당연이 개선돼야 한다.

　일부 의사, 변호사, 변리사, 등 자영업 전문직 고소득자가 월 소득을 50만원, 100만원으로 신고해 건강보험료 납부액을 크게 줄이고 있다. 매년 수회에 걸쳐 해외여행을 즐기고 예금이 억대가 넘는 사람이 기초생활보상금을 수급받기도 한다.

반면에 실질적인 수입이 없으나 가출한 성장한 자식이 있어 기초생활 수급자의 혜택을 받지 못하는 사람도 많아 실질적인 복지행정시행이 절실하다.

연간 배당소득이 75억원을 넘고 있으나 피부양자로 등록돼 건강보험료를 한 푼도 내지 않는 재벌총수 부인들이 많다. 보건복지부의 잘못된 피부양자 인정기준고시 때문이다.

피부양자 인정기준이 사업자 등록증이 없는 경우 소득이 연간 500만 원이하로 규정돼 이자와 배당소득을 제외하고 있다. 부유층이 내야 할 건강보험 등 사회안전망 부담을 저소득층 떠안고 있는 꼴이다.

고소득자에 비해서 저소득자가 더 많은 비율의 보험료를 내고 있는 현실의 징수세율의 개정이 필요하다. 부익부 빈익빈의 양극화 현상이 심화되고 있는 현실을 직시할 때 저소득층에 대한 비용부담감소와 지원확대를 위한 제도개선이 시급하다.

저소득층에 대한 보장성을 강화하고 부과율 등급기준을 세분화하여 부담금 부과체계를 만들어야 한다. 고소득층이 취약계층의 부담금 일부를 떠안는 방법을 모색해야 한다.

복지제도의 문제를 실태조사를 통하여 파악하고 대책을 마련해가야 한다. 저소득층의 부담을 경감시키고 지원을 확대해서 그들의 생활을 실질적으로 보호해가는 정책시행이 바람직하다.

가진 자와 없는 자가 공존할 수 있는 공동체의 미덕을 구현해가기에 노력을 기울리자.

27. 경기도 빛 전국1위 재정운용 개선하라

　경기도가 추진한 4대 세계축제가 낭비성으로 끝나는 등 예산운용의 미숙으로 전국1위의 부채를 기록하고 있어 대책마련이 시급하다. 국감자료에 의하면 경기도 1년 예산 2조7천억 원보다 630%가 넘는 16조9천468억 원의 부채를 진 것으로 나타났다.

　손학규지사가 부임한 2002년부터2004년까지 부채가 150% 늘어나 전국1위라는 오명을 기록하고 있으나 대책이 전무하다. 지방재정운용을 개인 돈 쓰듯 무계획, 무책임하게 해온 결과로 도민의 혈세를 낭비했다는 비난을 면키 어렵게 됐다.

　손지사가 국제화, 세계화를 부르짖으며 추진한 국제축제는 외국인의 외면 속에 재정만 축낸 결과를 낳았다. 세계평화축전의 예산낭비와 계획부재는 도를 넘고 있다.

임진각평화누리조성비에 120억원, 행사비용에 80억원 등 총2백억 원을 투입해서 생명촛불 파빌리온 기부금 1억3천636만 원, 통일돌무지모금액 1억6천여만 원의 저조한 모금에 그쳤다. 이는 파빌리온과 돌무지행사 공사비5억원의 30%도 못 미치는 금액이며 당초 목표액 100억 원의 2% 수준이라니 기가 막힐 일이다.

세계축제에 외국인 참여율이 1% 미만으로 저조하여 수출 및 광광효과가 거의 없고 예산만 펑펑 써버린 축제였으나 어느 누구 책임지는 사람 없다. 사전계획과정의 검증과 철저한 분석에 의한 현실성을 외면한 생색내기와 홍보를 목적에서 이루어졌다는 의심이 간다.

도민의 혈세를 낭비한 책임을 도지사를 비롯한 도공무원이 져야 마땅하다. 지역에서 세계축제는 한계가 있으므로 중앙정부와 사전에 긴밀한 협조 속에 계획을 수립해야 한다. 해외자매도시와 공동으로 한정된 축제를 실시할 경우 효과를 기대할 수 있다.

도지사 자신의 선거와 입지구축을 염두에 두고 계산된 손해 보는 해외축제에 대해서 철저하게 평가, 감시, 환수하는 종합적인 대책을 마련을 서둘러야 한다. 무엇보다도 지자체 단체장의 시정철학과 합리적인 재정운용의 기법개발이 절실하다.

28. 아동학대 보호대책 절실하다

아동은 건강하게 출생해서 행복하고 건전하게 육성되도록 법으로 보장되고 있으나 이를 외면하며 방임, 학대 등이 도를 넘고 있는 현실이다. 아동의 육성과 보호를 가정, 지역사회, 지자체, 국가가 책임질 것을 명시하고 있으므로 지자체수준에 맞는 방안을 마련해야 한다.

경기도 아동학대 방지 센터에 따르면 올 들어 아동학대 건수가 887건으로 전국1위이다. 2003년에 321건에 비해 3배나 늘어난 것으로 경기도의 아동학대수준은 말이 아니다. 우리고장에서 20대주부가 생후19개월 된 딸을 방바닥에 내동댕이치는 등 반인륜적 행위가 일어나고 있다.

잔인한 아동학대로 인한 사망률이 줄지 않고 있어 경기도에서 작년에는 5명, 금년도 9월말현재 4명의 아동이 숨졌다.

아동학대는 부모의 신체적 공격, 애정결핍에 의한 거부와 방임, 저조한 영양실태로 존귀한 아동의 인권이 유린당하고 있다. 사랑과 관심 속에 행복하게 성장해야할 아동이 신체적, 정서적, 언어적, 성적으로 학대받음으로 불행하게 성장하고 있어 사회적관심이 요구된다.

부모가 매질을 심하게 해서 상처가 생기거나, 불결한 위생관리와 영양실조로 인한 질병이 발생했음에도 의료서비스를 받지 못해서 고통에 시달리는 경우가 다반사다.

학대아동은 성인이 된 후에도 후유증에 시달리게 되어 대책이 필요하다. UN의 아동권리에 관한 제네바선언을 존중해가며 아동을 보호 육성해 가야 한다.

아동의 심신발달인정, 아동의 생활보장과 착취로부터 보호, 요보호아동에 대한 원조의 책임을 사회와 지자체 및 국가가 져야 한다. 아동학대를 예방하기위해서 학대충동이 생길 때는 심호흡을 하며 마음을 진정시키며 기대수준을 현실에 맞추는 노력이 필요하다.

가정구성모두가 아동에 대한 관심을 진작시키고 문제발생시 전문가의 상담을 받는다. 아동학대는 다른 세대로 전수되며 지역사회 비용이 부가되고 타문제와 연계되므로 철저한 예방이 중요하다.

아동학대는 반드시 방지해야 할 당면과제로 국민 모두의 관심 속에 참여와 노력을 기울여야 한다.

29. 경기북부 팸 투어 활성화하려면

경기북부지역은 문화, 생태체험으로 좋은 입지를 갖추고 있음에도 불구하고 기반시설조성을 외면한 채 비체계적으로 운영되고 있어 합리적인 방안마련이 요구된다.

도로망 연결 및 확충이 부족하고 숙박시설 등 관광인프라가 구축돼 있지 않아 외면 받고 있다. 도2청은 2000년 개청 후부터 올 9월까지 9억7천만 원을 투자하여 20회의 해외언론인, 타 지역 학교행정실장, 대학교, 고교여행관계자 1천461명을 초청해 팸 투어를 실시했으나 효과가 전무하여 예산만 낭비했다는 비난을 받고 있다.

인력과 예산을 낭비한 무책임행정의 표본이다. 경기북부지역은 D. M. Z의 살아 숨쉬는 생태보고를 활용하기 위한 국방부와의 긴밀한 협조를 이뤄 인프라를 만들어 가야 한다.

편안한 여행 속에 관광 테마인 평화, 생태체험, 문화, 역사탐방, 축제이벤트에 관광객이 함께 어우러질 수 있는 여건이 조성돼야 한다. 열악한 교통시설은 이동성과 접근성에 불편을 줘 기피하게 되고 편안해야 할 숙박시설은 낡고 불편하여 휴식을 취하기 어렵다.

홍보의 결실을 끌어내지 못하고 돌아서면 쉽게 잊게 하는 감동이 없는 프로그램이어서 다시 찾는 관광지가 될 수 없다. 지난해 10월 영남지역 고교여행담당자를 초청하여 관광을 시키고 설문조사한 결과 90%가 수학여행지로 선택하겠다고 응답했으나 단 한 학교도 오지 않았다.

여기에는 불편함, 위험성, 예산문제, 타 지역보다 유리한 매력요소가 없기 때문에 외면했다. 잠재적 관광 수요가 많음에도 도2청이 관광객유치에 실패하고 예산만 낭비한 것은 관광인프라 구축 외면, 생태가치의 중요성, 문화 역사현장의 관광자원화 개발에 실패했기 때문이다.

21세기가 지향하는 관광의 패턴은 현장에서 직접 느끼고 감동하는 체험관광이다. 팸 투어가 성공하려면 관광인프라를 구축하고 다양한 체험프로그램을 개발해 가야 한다. 풍부한 산야의 약초, 산나물, 산촌 생활도구 등을 관광 상품화할 수 있도록 서둘러야 한다.

관광기반을 조성하여 천혜의 여건을 갖춘 북부지역의 팸 투어를 성공리 추진해가기 바란다.

30. 경기도보육행정 전국최하위라니

보육행정환경이 경기도가 전국에서 최하위로 밝혀져 대책마련이 시급하다. 아동기에는 쾌적하고 안락한 시설에서 건강한 생활을 할 수 있는 여건조성을 국가나 지자체에서 책임지고 마련해 줘야 한다.

보육시책은 우선과제로 각별한 관리와 관계자의 사명감과 인성을 요구한다. 경기도는 이를 소홀이하여 전국에서 보육행정환경이 최하위라는 불명예 기록을 하루속히 개선하기 바란다.

국감자료에 의하면 전국 16개 시·도를 대상으로 보육아동대비 보육교사 수, 보육시설대비 보육공무원수, 조례제정비율, 지방보육정책위원회구성 수, 국공립보육시설비율, 국공립보육시설 신축현황, 국가보조금 규모 당 아동1인이 받는 혜택, 지자체 특수시책 사업예산 당 아동1인이 받는 혜택 등을 조사한 결과 인천시가 86

점으로 2위를 차지하고 경기도가 59점으로 최하위를 기록하고 있다. 아동기 때는 균형 있는 식생활과 적정서비스를 통해 바람직한 사회화(socialization)기능이 발현돼야 건강한 청소년기를 맞을 수 있기 때문에 대책이 절실하다.

경기도는 보육아동 7.3명을 교사1인이 담당하고 있어 양질의 서비스를 기대하기 어렵다. 보육공무원1인이 56개의 시설을 관리하고 있어 철저한 관리를 기대하기 어려운 현실이다. 아동서비스의 기본이 되는 조례제정마저도 7개 지자체에서 하지 않고 있으나 이를 방치하고 있다.

기초단체여건에 맞는 보육정책자문을 받기위한 지방보육정책위원회구성도 62.5%에 머물고 있다. 국공립보육시설 비율은 3.5%로 국비지원사업의 1며 추가설치 필요시설이 무려821개나 된다. 지자체특수시책사업 예산 당 아동1인이 받는 혜택은 17곳에 163명으로 나타났다.

보육정책은 전문가의 실질적인 서비스제공이 중요하므로 예산확대와 사명감을 요구 하게 된다. 경기도의 전문성, 현실성, 미래성을 외면한 보육정책이 실질적으로 향상될 수 있도록 도정의 근본적인 개선이 절실하다.

인력과 예산을 적절하게 배정하고 관리해갈 수 있는 체계를 만들어가기 바란다. 오늘의 이상적이고 건전한 보육정책은 내일의 사회와 국가 발전의 초석이 되기 때문이다.

31. 實效있는 팔당호 환경공영제

주민이 부담해야 할 환경 부담금을 행정기관에서 재정, 기술적인 문제를 지원하여 수질을 크게 개선하는데 성공한 사례가 주목받고 있다. 팔당호는 수도권시민에게 공급되는 상수원으로 시민을 위해 깨끗하게 관리돼야 함을 인식하고 주민과 행정기관이 함께 문제를 해결해 간다는데 의미가 크다.

경기도는 이 제도를 실시하여 오수처리시설의 생물학적 산소요구량을 8.1ppm이나 떨어트려 수질을 크게 정화시킨 결과를 낳았다. 작년부터 도는 117억을 가평군, 광주시, 남양주시, 양평군, 여주군, 용인시, 이천시의 팔당호수계의 특별지구 내 음식점, 숙박업소, 공동주택근린시설 등 3천4백여 개의 오수처리시설에 대해 기술적 지원을 지속적으로 해왔다.

오수처리결과를 데이터베이스화하여 제공하므로 수질문제에 대한 경각심을 심어주고 환경개선의식을 높여갔다. 팔당호수계 주변의 축산농가에서 방류하는 축산폐수 공공처리시설 가동률을 높여서 수질악화를 막은 것도 효과를 봤다.

3천만명의 국민이 마시고 사용하는 팔당호 수질관리의 중요성과 문제는 아무리 강조해도 부족함이 없다. 물은 생명존재의 근원으로 물의 오염은 생명의 파멸을 의미하기 때문에 우리의 생명처럼 소중하고 깨끗하게 관리해야 한다.

비단 팔당호뿐만 아니라 모든 수질관리를 주민과 함께해 갈 때 효과가 큼을 입증한 사례로 전국적으로 확대해갈 필요가 있다. 흐르는 물의 관리는 사용자모두의 노력을 요구하기 때문에 수계주변 사람의 높은 환경의식과 실천윤리가 뒤따라야 한다.

수질이외에도 대기, 토양, 등 환경을 청결하게 보전하는 일은 우리의 당면과제다. 효과를 본 팔당호 수질개선 공영제사례를 전국적으로 영역별로 새로운 환경관리정책에 반영할 것을 권한다.

공공재화나 환경은 사용자와 관련자가 함께 노력해갈 때에 효과를 걷을 수 있다. 경기도는 앞으로도 팔당호 수질개선을 위해서 다양한 아이디어와 효과 있는 수질관리시책에 더욱 행정력을 쏟아주기 바란다. 깨끗한 물의 보전과 관리는 21세기의 중요한 과제임을 인식해야 한다.

32. 위협받는 먹거리 안보대책절실

중국산 수입김치에서 기생충 알이 발견되자 국민건강을 위협한다는 여론이 들끓고 있다. 정부당국이 중국산김치가 안전하다고 발표한지 11일 만이어서 국민 불신을 키우고 있다. 얼마 전엔 중국산 수산물에서 말라카이트그린이 검출되었다.

끊이지 않는 수입농수산물에 대한 유해문제해결을 위해 실질적이고 구체적인 철저한 대책마련이 절실하다. W. T. O. 협정은 세계무역을 활성화 시켜 우리의 농수산물 수입의존도를 크게 상승시키고 있으나 검역체계는 개선되지 않아 국민건강위협은 가중될 수밖에 없다.

값이 싼 중국산 농산물이 급증하는 가운데 옥수수, 고추, 쌀, 마늘, 참께, 등의 수입농산물중 0.25%가 부적합 판정을 받았다. 수입농수산물에서 발암물질, 수은, 납, 카듐, 방부제, 색소 등 인체에 유해한 물질이 도를 넘고 있다.

여기에다 왜곡된 이기적상업주의가 판쳐 유해물질발견 이후에는 김치가 품귀현상을 빚고 있는 일이 벌어지고 있다. 김치기생충 알 발견이후 중국산 김치가 배 이상 더 팔렸다는 사실이다. 규제가 강하면 구입이 어려울 것이라는 판단 때문이다.

가속적인 세계화 속에 망고, 코코아, 파인에플 등 열대과일에서 부터 곡물류, 양념류의 수입의존도가 매년급상승하고 있어 검역대 책이 시급하다. 2001년 김치수입이 393톤이던 것이 금년 10월 20일 현재 9만455톤으로 급상승했으나 정부는 검역체계를 개선 하지 않고 눈, 코에 의한 관능검사에 의존하고 있다.

농수산물에 대한 검역체계가 허술하며 생산과 유통단계에서 식 품위생법상 규제기준이 없어 사전단속과 예방을 못하고 있다. 검 역의 과학화, 신속화, 정확성을 기하기위해서 인력, 시설, 장비확 충이 요구된다.

국민의 먹거리 정책이 우선 돼야 한다. 수입식품검역예산의 우 선배정과 수입국의 현지검사강화제도가 중요하다. 국립농산물의 국민명예감시제를 활성화하고 신고 포상제를 확대할 필요가 있다.

국가안보이상 국민의 먹거리 안보가 중요함을 당국은 인식하여 철저한 대책을 마련할 것을 촉구 한다.

33. 가족공동체로 노인의 행복을

　노인은 가족과 함께 있을 때 제일 행복하다는 연구결과가 나와 우리에게 시사하는바 크다. 최근 고려대 의대 정신과학 교실의 교수가 경기도에 거주하는 60세 이상 84세 노인 706명을 대상으로 표준 설문조사한 결과 행복지수가 64.7%를 나타내고 있다. 조사내용을 보면 노인들이 행복할 때가 가족과 시간을 함께 보낼 때라는 답이 제일 많았다.

　가족이 행복할 때, 취미생활, 친구와 함께 지낼 때, 신앙생활 순으로 나타났다. 노인들이 원초적 관계를 중시하며 가족구성원을 사랑한다는 사실을 알 수 있다. 노인들도 다양한 각자의 취미생활을 통해서 행복을 구가하고 있음도 밝혀졌다.

　친구를 잃었다든지 신앙생활이 없는 노인은 행복하지 않은 것으로 나타나 노후의 친구관계와 신앙생활이 중요함을 알 수 있다.

자신의 건강이 악화됐을 때, 자녀들의 경제사정이 어려울 때 노인들은 불행한 것으로 나타났다.

우리사회가 빠르게 노령사회로 진입되어 노령인구가 급증하고 있는 현실을 직시할 때 이번조사는 가족공동체가 노인문제해결 방안이 되고 있다. 가족해체와 핵가족화로 전통적 가정기능이 소멸되고 있는 가운데 노인의 가족부양에 의한 행복 지수의 함수관계가 밝혀진 셈이다.

가정에서 천덕꾸러기가 돼버린 노인에 대한 새로운 가정에서의 역할개발이 절실하다. 유례없이 노령속도가 바른 우리나라는 노령사회를 지나 초 고령사회를 맞이하게 되어 국가의 노인부양예산이 엄청나게 늘어날 전망이어서 경제발전의 발목을 잡게 된다.

이를 가정에서 노인을 부양할 경우 예산감소, 경제성장에 크게 기여하게 된다. 전통적인 대가족제도의 복원과 노인의 가정공동체에서 할 수 있는 일감을 개발하여 제공하는 노력과 연구를 정. 학. 연에서 공동으로 추진해 가는 것도 좋은 방법이다.

청·노(靑老)세대의 통합은 진정한 인간애의 구현이며 해결해야 할 당면과제다. 노인과 더불어 살아가는 신가정공동체건설을 추진하는 것도 아름다운 일이다. 대가족제도의 장점을 살릴 수 있는 노인의 가족부양을 위해 합리적인 방법을 모색해야 한다.

34. 새집증후군 연구의 효율적 활용을

새로 신축한 아파트 입주자들이 새집증후군으로 고통을 받고 있는 가운데 인천시에 실내 환경종합연구동이 건립되어 기대가 모아진다. 80년대부터 급속히 늘어나기 시작한 아파트는 주거문화를 크게 바꿔 놓았고 새집증후군이란 질병에 시달려 왔다.

대도시의 경우 즐비한 아파트촌이 끊임없이 건설되면서 새집증후군은 골칫거리가 되었다. 두통, 기침 고열을 동반하는 새집증후군은 국민건강을 위협해 대책이 절실하다.

이번에 국립환경연구원에서는 인천시 서구 경서동에 18억9천만 원을 투입하여 연건평 486평의 연구동 착공식을 시민. 관계자등 천5백 명이 참석한 가운데 가졌다. 연구동이 완공되면 아파트를 중심으로 현안이 되고 있는 새집 증후군에 대해 전문적으로 연구 분석하게 된다.

우리도 선진국수준의 첨단측정 장비를 구입하여 건축자재의 실내 오염물 연구를 전담하게 될 시설이 내년2월에 완공될 계획이다. 연구동에는 건축자재 오염물질 방출시험 소형 챔프 60개, 포름알데히드 분석 장비2대, 벤젠 등 휘발성 유기화합물 분석 장비 2대, 라돈. 석면. 미생물 측정기각 1대, 실내오염물질 측정 장비6세트 등의 장비를 갖추게 된다.

연구동이 완공되면 실내공기의 주된 오염원인 오염물질방출시험을 1천개씩 하게 된다. 실내공기에 섞여 있는 석면, 라돈 등 오염물질을 정밀하게 분석 한다. 인천지역의 아파트를 중심으로 새집에 대한 증후군을 조사 분석하는 연구 활동이 본격적으로 진행되어 인천시민의 건강에 대한 파수군 역할을 하길 기대한다. 무엇보다도 연구 자료를 주민에게 신속히 전달하여 주민과 당국이 대책을 철저히 세울 수 있도록 하는 일이 우선이다.

상급기관의 눈치나 보며 공개를 꺼릴 경우 연구동의 존재의미가 없어지게 됨을 명심해야 한다. 아울러 연구결과 정보공개 및 활용 시스템을 확립하는 일이 중요함을 강조한다. 새집증후군을 없애는 문제는 생존권과 국민건강이라는 차원에서 인식할 문제다. 주거기능은 국민생활의 행복지수와 관련되므로 철저하게 유지될 수 있어야 한다.

35. 쌀 수입개방투쟁으론 안 된다

쌀 수입개방 국회비준을 앞두고 농민의 거센 반발이 도를 넘고 있다. 세계화시대의 도래에 따른 농정부재와 임기응변식대처정책이 오늘의 대혼란을 가져왔다.

지난해 쌀 재협상에서 매년 수입물량을 늘여 2014년까지 8%수준인 41만 톤을 수입하기로 합의했다. 그래서 의무수입량을 매년 늘여서 시중에 판매하도록 이행계획서를 W.T.O.에 통보해야 한다. 이럴 경우 쌀에 대한 완전한 국제경쟁체제 속에 우리 쌀은 경쟁력을 잃게 되어 350만 명의 농민의 생존권이 위기를 맞게 된다.

농민은 생존권차원에서 사생결단식으로 투생을 하게 되어 결과를 예측할 수 없는 위험지경에 이른 현실이다. 경기미의 생산보고인 우리지역에서의 쌀 수입저지투쟁은 목숨을 건 듯 강경하다.

전농경기도연맹회원 1천명은 쌀 협상무효와 국회비준철회를 요구하며 여당당사, 시·군 청사 앞에 수확한 벼를 야적하고 트랙터를 동원하여 시위를 벌리고 있다. 연천군농민은 쌀 사수 정부결사 투쟁을 선포하고 강력한 시위를 벌리고 있다. 정부에서는 농가부채를 3-5년간 유예해주고 공공축적 벼 백만 섬을 추가 매입한다고 대안을 내놓았으나 농민들은 냉랭한 반응 속에 쌀 수입개방국회비준 철회를 요구하고 있다.

문제의 본질은 우리 쌀의 국제경쟁력이 없다는데 있다. 국제미가보다 5배 이상 비싼 국산 쌀은 판로가 막혀 폭락될 수밖에 없다. 정부는 국제경쟁력강화를 위한 미질의 고품질화, 기능성 쌀 같은 다양한 품종개량, 농업의 구조적 문제해결 등의 근본문제해결을 도외시하고 응급조치 식 농정을 해온 결과다.

세계화라는 국제질서의 흐름을 거역할 수 없음을 인식하고 국제경쟁력제고를 위한 우리 쌀의 생산력증대, 생산원가 절감, 다양한 식품개발, 가공 및 유통구조개선 등 종합적인 방법을 모색해서 농민의 생존권과 직결된 쌀 수입문제를 합리적으로 풀어가야 한다.

지나친 농민의 막무가내식 투쟁은 자제돼야 한다. 농업정책개혁, 국민적 관심과 농민의 대체능력향상만이 문제를 해결할 수 있음을 강조한다. 세계화시대에 모든 국가가 협력을 통해서 공존공영할 수 있는 방안 모색이 절실하다.

36. 심각한 공무원의 도덕적 해이

경기도 양주시 택지개발예정지는 공무원들이 보상금을 노리고 불법 건축행위를 자행해온 투기의 요람이 되고 있다. 최근감사원과 검찰이 1백여 명의 공무원이 불법, 탈법으로 부동산투기와 보상금을 받기 위해 건축한 탈법건축물을 무더기로 적발했다.

경찰, 관세청, 교육청, 출입국관리사무소, 지자체 공무원들이 앞 다투어 부동산중개업자와 공모하여 수십억대의 부동산을 투기한 혐의를 받고 있다. 지자체국장은 개발정보를 사전에 빼내 보상금을 받을 수 있음을 인식한 후 불법을 공모하여 확대생산에 앞장섰다.

이들은 부인, 친척명의로 택지지구 내에다 축사 10여 채를 지어 보상금을 받으려 했다. 공무원의 도덕적 불감증이 도를 넘는 기막힐 노릇이다.

아노미사회가 된 현실의 단면이며 희망을 상실한 공직사회의 도덕적 해이가 주민을 허탈하게 만든 사건이다. 공무원이 반드시 지켜야할 청렴 의무와 국민을 위한 공익우선의 원칙이 실종되고 자신의 이익만을 챙기려는 이들의 행태는 용서받을 수 없다.

철저하게 조사하여 공직사회에서 영원히 격리시키는 것이 바람직하다. 돈을 위해서는 수단방법가리지 않는다는 타락한 사람이 공적업무를 올바르게 추진해갈 리 없기 때문이다. 공직자는 공공재화가 국민 모두를 위해서 공평하고 의롭게 활용되는데 앞서야 한다. 이것을 특권인양 악용해서 개인의 배를 채운다는 발상은 이해할 수 없는 일이다.

공직자 윤리회복을 위한 지속적인 정신교육을 강화시켜 자질을 향상시키고 윤리지수를 높여가는 노력을 기울여야 한다. 청렴의 의무를 이행할 수 있는 구체적 방안을 모색하여 제도화시키는 일도 절실하다.

물질제일가치와 황금만능주의가 공직사회에 만연되어 정도가 한계를 넘고 있다는데 문제의 심각성이 있다.

공직자는 항상 자신의 사명을 인식하고 사사로운 이익과 욕심을 자제할 수 있는 정화능력을 키우기 위해 자기관리를 소홀히 해서는 안 됨을 명심하기 바란다. 공직자의 도덕적 해이를 극복하고 엄격한 자기관리가 필요하다.

37. 수도권 공장 신. 증설 허용해야

정부여당이 수도권에 8개 첨단 업종공장 신. 증설을 허용할 방침을 밝히므로 경기도의 당면과제 하나가 숨통을 트게 됐다. 경기도가 주장해온 25개 업종+알파에는 크게 못 미쳐서 도민불평은 가란지 않고 있으나 수도권정비법에 꼭꼭 묶인 지 10년만의 허용이라는데 의미를 부여하고 싶다.

수도권 과밀방지와 난개발을 이유로 공장 신. 증설을 규제해온 것은 역차별이며 세계화시대의 경쟁력을 감소시키는 정책이다. 수도권에 공장건설이 안 될 경우 수송비, 관리시스템 등 여러 요인으로 지방이 아닌 해외로 갈 수밖에 없다는 게 기업체주장이다.

다행히 발등의 급한 불은 끈 샘이지만 문제는 여전히 남아 있다. 이번조치로 신설이 허용되는 8개 업종은 감광재. 프로세스 케미컬 등 화학약품과 LCD모니터를 비롯한 컴퓨터입출력장치 및 기타주

변기기, 파워모듈 등 발전기 및 전기변환 장치. 다이오드 트랜지스터. 유사반도체. 인쇄회로 판. 전자부품. 방송수신기. 영상음향기. 광섬유이다. 이외의 다른 업종의 공장 건축은 불가능하다.

정부는 난개발문제 때문에 부득이 공장 신. 증설기간을 내년 말까지 허용하기로 하고 수도권정비위원회의 심의를 거쳐서 성장관리지역내의 산업단지에 한하여 신·증설을 허용하는 제한규정을 두었다. 그러나 LG화학, 전자, 이노텍과 대덕전자 등 5개 대기업 계열 부품회사의 신·증설은 가능해진 샘이다.

정부의 한시적 부분허용 조치는 대기업의 시급한 요구를 경기도가 중앙정부에 강력히 요청해서 이루어진 결과로 볼 수 있다. 신설공장의 경우 외국인 투자기업의 욕구수준을 충분히 고려하여 예외규정을 두어 편의를 제공해 주는 일이 시급하다. 유럽, 중국 등 세계 나라들이 해외기업유치를 위해 모든 편의를 제공해주는 무규제제도를 배워야 한다.

외국인투자나 국내기업유치를 위해서는 원 스톱 시스템(one stop system)으로 신속편리하게 지원해 줄 수 있는 정책개선을 촉구한다. 수도권은 인프라구축이 이뤄지고 브랜드이미지가 경쟁할 수 있는 강점을 지니고 있어 규제철폐가 절실하다.

세계화시대에 규제는 파멸을 의미하며 신속한 지원만이 경쟁의 승리요인임을 인식하기 바란다. 무한경제시대에 입지조건 좋은 수도권 규제를 해제하는 것은 국익을 위해 큰 도움이 될 것이다.

38. 난자매매 대책강화를

카드 빚과 생활고에 시달리는 여대생을 비롯한 20대 젊은 여성이 난자를 매매하고 있어 충격을 주고 있다. 경찰청사이버수사대는 최근 난자 불법매매를 알선한 브로커를 구속하고 매매여성6명을 입건했다.

아무리 돈이 필요하고 궁하기에 생명의 근원이 되는 난자를 매매할 수 있는가를 생각할 때 인간존엄성의 붕괴를 우려하게 한다. 인터넷 난자 매매관련 카페를 개설하고 브로커가 국내는 물론 해외까지 연결망을 갖고 조직적으로 판매하고 있다는 보도다.

인터넷 포탈사이트에 난자매매관련 카페를 4곳이나 개설하고 난자매입자에게 건당 4백만 원을 받아 난자제공자에 3백만 원 정도를 준으로 밝혀졌다. 이외에도 불임부부와 난자제공여성 사이에 매매의사를 밝힌 사례가 8건이나 더 있으며 서면으로 난자를 팔겠다고 약속한 여성이 23명이나 되는 것으로 알려지고 있다. 이보다 더 심각한 것은 대리모로 붙임부부의 난자와 정자를 채취하여 체외에서 배아를 생성한 후 대리모자궁에 착상시키는 일이다. 이에 알선료를 3천만 원씩 받았다고 한다.

난자인공채취는 생명의 근원을 조작할 수 있다는데 문제가 심각하며 또한 당사자의 건강도 우려된다. 인공채취 할 경우 복수에 물이차고 난소가 부어 치료를 요하며 난자과자극증을 앓게 된다.

올해1월에 시행된 생명윤리 및 안전에 관한 법률은 허점이 많아 보완이 필요하다. 현행생명윤리법은 난자채취 시 난자 제공자의 서면동의를 받도록 규정하고 있으나 시행규칙에는 배아생성 동의서에는 난자제공자의 서명난이 없다. 따라서 붙임부부가 난자를 가져오면 병원은 시술비만 받으면 가능하다.

인간의 생명은 돈으로 조작되거나 탄생돼서는 안 되는 절대적인 가치와 존엄성을 갖고 있다. 돈에 의해서 난자가 거래되는 것을 막지 못할 경우 인간의 생명가치를 크게 왜곡시키게 된다. 존재의 법칙과 질서가 돈 때문에 파괴되는 비극만은 막아야 한다.

난자매매관련 법규를 강화시키고 생명존중에 대한 국민교육과 캠페인을 지속적으로 전개해야 한다.

의사의 양심과 윤리의무도 강화시킬 수 있는 제도적 장치마련이 절실하다. 이번 사건을 계기로 생명가치의 절대성을 재삼인식하고 난자매매추방의 계기가 되길 바란다.

39. 사회복지시설에 사랑의 손길을

좀처럼 회복되는 않는 경기침체 속에 후원의 손길이 뚝 끊겨 경기도내 사회복지시설의 겨울나기가 걱정이란 보도다. 없는 사람이 추위와 굶주림을 견딘다는 것은 고통스런 일이다.

무의탁노인이 생활하고 있는 양로원은 후원의 손길이 끊겨 전전긍긍하고 있다. 장애인 시설도 사정을 마찬가지다. 예년 같으면 10월말부터 밀려드는 후원자들로 정신이 없이 하루를 보냈는데 금년에는 11월 상순이 지나도 단 한 건의 방문도 없는 실정이다.

양로원관계자는 정부보조금으로는 식비, 피복비, 시설운영비로 사용하기가 빠듯하여 난방비와 김장재료비를 아직 마련하지 못해서 애를 태우고 있다. 올해는 중국산김치 기생충 파동으로 배추, 무값이 3배 이상 올라서인지 아직까지 물품후원이 단 한 건도 없다.

경기도내의 장애인, 노인복지시설의 대부분이 전체운영비의 20%

정도를 후원금에 의존해왔는데 올해는 고유가, 불경기, 삭막해진 인심 때문에 후원금이 전혀 없어 복지관운영에 어려움을 겪고 있다. 지자체장이 시설을 방문할 때도 공직선거법 때문에 음료수 한 병 가져오지 못하는 현실이 너무나 야속하다고 입을 모은다.

불황이 길어지고 강화된 공직선거법 등의 영향으로 후원과 방문이 줄어들어 더 힘들어하는 시설생활자에게 우리 모두가 관심을 갖고 사랑과 인정을 나누는 미덕을 발휘할 때다. 사랑 없이 베풀 수는 있지만 베풂 없는 사랑은 존재하지 않는다.

O. E. C. D 국가 중 우리나라의 복지수준은 50%로 아직도 선진복지국가의 길은 멀고 험하다. 개개인의 정성어린 도움과 인정을 절실히 요구하고 있다. 집에서 사용하지 않는 옷가지와 난방기기들을 찾아서 이웃복지시설에 보내자.

조그만 도움과 사랑을 절실하게 바라는 힘든 이웃을 찾아 인정의 손길을 보낼 때다. 함께하는 고통은 즐거울 수 있으며 사랑의 온기는 아무리 추운 겨울도 녹여준다는 사실을 인식하기 바란다.

십시일반의 미덕으로 없는 사람에게 나눔의 윤리를 실천하여 사랑의 사회를 만들어가자. 사랑은 가난, 불신, 절망을 극복해주는 용기를 주며 자신의 작은 실천에서부터 시작됨을 강조한다. 나눔의 사랑은 보람되고 가치 있는 선행이다.

40. 지자체, 직무유기 심하다

　지방자치단체가 내년지방선거를 의식해 생활 질서 단속고유 업무를 방치하고 있어 시민불평이 들끓고 있다. 전철역 부근, 상가 앞, 공영주차장 옆, 천변도로가 불법주정차로 몸살을 앓고 있기 때문이다.

　심한 교통정체로 통행이 어렵고 사고위험마저 높은 실정이다. 마구 버려대는 쓰레기로 악취에 시달리며 질병발생까지 우려된다. 그러나 행정당국은 예전처럼 단속을 하지 않으면서 인력부족을 탓한다.

　수원, 안양, 군포지역의 단속방치는 직무유기에 가깝다. 주차비가 아까워서 불법주차를 하는 시민도 있지만 느슨한 단속이 불법주차를 부추기는 꼴이 된 셈이다. 시민들의 미성숙한 의식과 정착하지 못한 질서의식이 본질적 원인이지만 행정기관의 단속을 지속화할 때 문제를 해결해 수 있다.

경기불황과 시민편의를 생각하고 내년 선거에서 표심을 얻어보겠다는 단체장의 얄팍한 생각이 빚은 결과다. 행정서비스는 모든 사람에게 편의와 도움을 주는 공익성의 원칙이 우선 존중돼야한다.

왜곡된 행정결과는 시민에게 되돌아가 손해가 되고 피해가됨을 인식하기 바란다. 시민의 기초질서관리마저 못하는 사람이 단체장이 되는 것은 문제가 있다. 성숙한 시민은 지자체의 직무유기를 비판하고 낙선운동에 참여한 다는 사실을 인식하기 바란다.

시민단체에서 기초질서 방치와 유기사례를 조사하여 이를 공포하므로 단체장의 자질을 검증하는 방법으로 활용할 것을 제안한다. 선거와 무관하게 시민생활에 불편을 주는 일은 신속하게 처리돼야 마땅하다. 어리석은 사람은 시민편의라는 미명으로 직무를 유기하므로 불편을 가중시키고 있다.

기초질서는 시민모두가 지키고 행정기관에서 계도와 단속을 병행하여 생활 속에 정착시켜 가야 할 문제지, 선심행정과 무관함을 강조한다. 내년 선거에서 직무유기 단체장을 대상으로 낙선운동과 함께 행정집행능력평가를 공개하는 방안도 검토해 볼만하다.

지자체의 철저한 기초질서관리를 촉구하며 성숙한 시민의식발로를 기대한다. 질서와 청결은 최소한의 우리 삶을 영위케 해주는 기본요소임을 강조한다.

41. 합리적인 米穀정책을

쌀 관세화 유예대신 수입량 시판허용 국회 비준 안 처리를 눈앞에 두고 농민갈등이 심화되고 있는 가운데 경기도가 쌀 품질개선을 통한 고급 브랜드화를 들고 나와 주목을 끌고 있다. 경기미는 미질이 고급화되어 타 지역 쌀보다 높은 가격을 받고 있어 공공 미 비축가격의 하락폭이 적은 편이다.

경기도가 그동안 꾸준히 벼 품질고급화, 쌀 산업경쟁력강화, 저장가공시설개선, 친환경농업시행 등의 정책을 펴서 미질을 향상시킨 결과다. 우리나라의 연 간 쌀 소비량은 3천472만 톤으로 잉여쌀 생산량4백 만 톤의 처리를 근본적으로 해결해야 문제가 풀린다.

정부의 수매에는 한계가 있기 때문에 무작정 추가매입만을 주장할 수 없다. 고급 쌀의 주문생산, 농업구조의 다양화, 농지은행 제, 작부체계의 합리화, 농산물수출 단지조성, 농업의 오너시스템도입,

도농의 공동사업 등 을 연구개발해 가야 한다.

경기도는 금년에 233억원을 투입하여 1만3천80ha 쌀 생산농가에 농업 직불 제를 실시하여89억 원을 지불했다. 친환경 벼 재배로 감소한 쌀에 대한 보상비로 ha당 15만 원에서 79만4천 원씩 지원해 주었다.

경기도는 52만 톤의 생산량 중 37.5%인 19만5천 톤을 가공할 수 있는 시설을 지원했다. 앞으로는 60%까지 가공할 수 있는 시설을 지원할 계획이다. 색체선별기, 싸라기선별기, 저온저장시설 등을 확대해갈 방침이다. 지자체에서의 노력은 한계가 있어 정부의 종합대책이 필요하다.

쌀 생산 공급 체계의 합리화, 품질의 고급화 및 브랜드 화가 중요하다. 지역특성에 맞는 벼를 재배하여 소비자의 입맛에 맞는 쌀을 주문 생산하는 제도를 도입해야 한다.

건강. 영양 쌀을 개발하여 수출 길도 모색해 가야 한다. 중앙정부에서는 연간 쌀 소비량에 맞는 생산량을 제시하여 주문생산을 법제화 할 필요가 있다. 쌀 생산시기보다 다른 시기의 가격이 15%차이가 나는 계절농업의 유통구조개선책 마련이 절실하다.

전국 쌀 과잉 생산량의 4백만 톤의 처리문제와 쌀 고급 브랜드화에 지혜를 모아 가야 한다. 소비와 생산조절만이 문제해결의 키가 있음을 강조한다. 변화하는 세계의 경제상황에 맞는 합리적인 미곡정책이 필요하다.

42. 폐기물해양투기 대책 서둘러야

하수처리 폐기물을 비롯한 쓰레기의 바다투기로 인한 오염이 우려되어 국제적 이슈가 되고 있는 가운데 연내에 세계적인 규제대책이 마련된다. 날로 심각해지는 해양쓰레기투기를 방치할 경우 인류의 커다란 재앙이 될 것을 염려하여 하수폐기물 바다투기를 엄격하게 금지하는 런던협약의정서가 연내 발효될 예정이다.

우리나라는 삼면이 바다이며 전체쓰레기의 73.7%를 바다에 투기하고 있다. 세계제일의 폐기물 해양 투기 일위 국 이라는 불명예를 씻기 위한 노력을 기울여야 한다.

쓰레기 소각장은 건립기간이 필요하며 주민반대로 부지 매입이 어려운 현실을 직시하여 대책을 신속히 수립하지 않으면 안 된다. 경기도의 경우 폐기물 쓰레기가 1일 1천766톤으로 연간 64만 톤에 이르고 있는데 이중 73.7%인 47만5천 톤을 서해바다에 버리고 있다.

소각폐기물 쓰레기는 1일 358톤씩 총 13만 톤으로 20.3%에 불과하다. 땅에 매립하는 폐기물 쓰레기는 1일 106톤으로 6%이다. 정부는 소각시설부족을 이유로 런던협약 의정서 발효 전에 3-5년간 유예를 요구해 놓은 상태이다.

안양, 수원, 부천, 안산, 용인, 고양, 등 도내13개 시군에 국비 70%의 지원을 받아 하루1천960톤 소각처리 시설을 건립 중에 있어 완공할 때까지 기간을 유예해달라는 요청이 대책의 전부다. 단일안만 아니라 다양한 대안을 마련하여 철저하고 신속하게 대응할 수 있는 정책을 세워야 한다.

세계에서 유일하게 우리나라만이 폐기물 쓰레기의 해양투기를 합법화한 나라로 국제사회의 비난을 받고 있다는 사실을 상기하기 바란다. 바다에 폐기물 쓰레기 투기에 대한 국민의 경각심을 불러일으킬 수 있는 환경교육을 강화시키는 방안을 마련해야 한다.

바다의 황폐화와 오염은 인간의 파멸을 의미하기 때문에 지금부터라도 철저하게 대응하는 일이 중요하다. 바다를 깨끗하게 관리하며 지키는 노력은 우리의 당면과제임을 명심할 때다.

국가, 지자체, 기업체, 시민단체가 앞장서서 폐기물쓰레기 해양투기 근절에 나서야 한다. 청정한 바다를 지키는 일이 생명을 지키는 일처럼 중요한 것임을 인식하기 바란다.

43. 국가경쟁력과 수도권규제

　치열한 무한경쟁만이 존재하는 세계화시대에 수도권규제정책은 낙후정책의 상징이 되어왔다. 급기야는 국내 경제원로 2백 명이 한국선진화포럼에서 수도권규제완화를 긴급제안하고 나섰다.

　행정중심도시건설 확정에 따라 우려되고 있는 空洞化 문제를 해결하기 위해서도 수도권 규제는 풀어야 마땅하다. 그동안 수도권 비대화와 지방 균형발전 논리를 내세워 규제로 일관해 왔는데 이제는 더 이상 미뤄서는 안 된다.

　경제문제를 정치논리로 해결하려는 발상은 국제경쟁에서 패할 수밖에 없음은 주지의 사실이다. 정부부처 이전으로 과천을 비롯한 수도권의 인구감소와 기능대체 방법의 하나로 수도권 공장신설을 외국인허용 수준으로 완화하라는 경제원로의 주장은 타당하다.

　영·호남지방의 반발이 예상되나 거국적인 측면에서 과감하게 추진돼야 한다. 나아가 모든 수도권규제 해제를 적극 추진할 것을 주문한다. 이런 주장을 수도권종합발전대책 마련에 반영함은 물론 즉시 수도권공장신증설의 전면허용과 지원 방안을 마련해야 함을 강조한다.

지역이기주의와 정치논리로 국가를 경영할 때 세계경쟁에서 뒤떨어질 수밖에 없다는 사실을 간과해서는 안 된다. 국제경쟁력의 다양한 승리요인을 정책에 반영하는 일이 우선이다.

수도권은 경쟁에서 유리한 다기능과 생산, 유통, 소비의 인프라가 충분히 갖춰진 곳이기 때문이다. 지역발전은 특성화 개발에 의한 경쟁우의를 찾아 차등 개발하는 것이 바람직하지, 균형이라는 미명으로 획일적인 분산정책은 공멸을 불러올 수 있음을 지적한다.

장래를 생각하는 개발철학을 우선 정립하고 지역문화와 공장유치를 동시에 추진하는 지방발전방안 모색을 권한다. 경제, 문화, 정치를 지역균형발전을 명분으로 획일화와 균등화하려는 사고는 국제경쟁을 약화시키므로 지양해야 할일이다.

모든 지역이 공장을 유치하고 고용을 창출하려는 성급함을 재고하여 미래를 예측하고 여건을 고려한 특성화전략을 수도권종합발전대책에 반영하길 바란다. 수도권규제는 국제경쟁력을 약화시켜서 국가발전에 지장을 초래하게 됨을 인식해야 된다. 언제까지 규제를 풀지 않을 것인가 걱정스럽다.

44. 엉망진창의 교통문화

대도시의 교통난이 운전자의 실종된 질서의식으로 정도를 넘고 있다. 일분일초를 다투는 통근 길은 아비귀한의 전쟁터를 방불케 한다. 전날내린 눈으로 오산, 인천, 안산, 수원 팔달문 도로는 빙판길 난장판이 되어 대 혼란을 겪었다는 보도다.

승용차, 버스, 택시가 뒤엉켜 혼잡은 더욱 가중됐다. 조그만 양보하고 질서를 지켰다면 이런 혼잡은 막을 수 있었다. 시간에 쫓긴 운전자자 일초라도 먼저가려고 필사적으로 꼬리 물기, 끼어들기, 앞지르기를 하면서 공포의 출근길이 되고 있다.

금지된 좌우회전을 강행하며 비상라이트를 번쩍이고 경적을 울려대는 초긴장 상태는 숨을 멈추게 한다. 약간의 접촉사고만나도 차는 빼지 않은 채 도로한 복판에서시비를 벌리는 모습이 가관이다.

여기에다 과속질주, 신호위반, 빨간 신호등 무시, 불법유턴은 다반사며 이로 인해 발생하는 충돌사고는 보행자를 공포의 도가니로 몰아넣고 있다. 출근시간에 쫓기다 보니 어쩔 수 없다며 습관화 되어가는 악순환의 고리를 끊기 위한 당국의 노력이 절실하다.

질서를 지키고 양보를 하면 훨씬 빠르고 편할 수 있는데 시민들은 이를 외면하여 혼잡을 가중시키고 있다. 보다 못한 경찰이 지난달 26일부터 이달25일까지 한 달간 끼어들기, 신호위반, 얌체운전자에 대한 특별단속기간을 정해서 집중단속을 벌려서 올바른 교통문화를 정착시켜가기로 했다.

악성얌체위반 특별단속기간에는 스티커발부대신 지도 장 발부로 운전자를 계도하게 된다. 효과가 별무할 때는 강력한 벌과금을 부과할 방침이다.

하루속히 부끄러운 자화상을 청산하고 서로 양보하는 미덕을 실천 하기위해 노력하자. 사회교육을 강화하여 국민들의 준법정신을 강화시켜가는 것도 한 방법이다. 10분 먼저 준비하고 떠나는 여유로운 생활문화를 만들어 가야 한다.

타인지향적인 사고로 이해와 관용을 정착시켜 가는 일도 중요하다. 반세기동안 국민기초질서 교육을 시켜왔는데 정착되지 않은 질서문화가 부끄러울 따름이다. 질서의식 확립만이 혼잡한 교통문화의 부끄러움을 지울 수 있음을 강조한다. 생활화된 교통질서는 편안하고 안락한 통행권을 보장하게 된다. 선진교통문화의 창달을 조속히 이뤄가기 바란다.

45. 경기도의 벤처기업 육성

경기도의 벤처기업육성 전략이 효과를 거두면서 서울중심의 벤처기업이 도내로 활발하게 이전되고 있다. 벤처기업은 고 부가치를 창출하는 신기술 집약산업으로 기술인재를 육성, 활용할 수 있는 미래형 기업으로 새로운 지역경제발전에 기대가 모아진다.

2천년도 부터 경기도에 세워지기 시작한 벤처기업은 매년증가세를 보이고 있는 전망 밝은 기업군이다. 2천년에는 벤처기업 점유율이 20.3%에 불과하던 것이 현재는25.28%를 점유하고 있어 성장 1위 경기도가 됐다. 지난 9월말 현재 금년 들어 463개가 늘어난 2,590개로 전국증가분의 36.7%를 차지하고 있어 경기도가 최첨단 벤처기업의 육성, 활동지역으로 탈바꿈하고 있다.

벤처기업체는 도심에 아파트형공장으로 입주할 수 있는 장점이 있으며 교통, 통신, 생산, 소비, 물류 등의 기업 활동 전반에 걸쳐 인프라가 갖춰진 이점이 많기 때문에 경기도를 선호하고 있다. 특히 성남분당, 화성, 평택지역은 첨단 벤처벨리 흡입력이 큰 곳으로 급성장이 이뤄질 전망이다.

분당을 중심으로 한 금융, 통신시설이 집중되어 있어 벤처기업 하기에 유리하다. 광교 테크노 벨리, 판교 I. T.업무지구추진은 연계성이 높은 좋은 여건을 지니고 있다. 경기남부를 중심으로 자리잡아가는 첨단벨리형성은 산업입지 규제를 받지 않는 아파트형을 대거 건립할 수 있어 투자비절감과 공장용지 구입문제를 손쉽게 해결할 수 있다.

경기도내 완공된 아파트공장은 현재 97개가 있으며 26개가 건립을 추진 중이다. 지자체의 적극적인 지원도 이루어져 성남시는 5개 공장에 540억 원 등 640억 원의 기업자금을 아파트형 벤처기업에 융자지원 해 주었다.

앞으로 경기도는 경기벤처빌딩을 운영할 수 있도록 지원을 확대해갈 계획이다. 도심 내 빌딩을 벤처 집적화로 기술, 자금, 컨설팅지원 전략을 펴서 벤처기업을 활성화시켜 갈 수 있는 구체적인 계획을 수립해야 한다.

기업입주택지, 건물, 인허가, 금융지원, 행정의 신속한 서비스 등은 아직도 보완할 점으로 미래지향적인 벤처기업 육성전략을 추진해가기 바란다. 미래의 무한한 가능성을 성공시킬 수 있는 벤처기업육성은 국가의 희망이며 국민의 기대임을 잊어서는 안 된다.

46. 사전선거열풍 막아야 한다

앞으로 170일을 남겨둔 내년5.31 지방선거를 겨냥한 후보자들의 행보가 도를 넘고 있어 대책마련이 절실하다. 광역단체장후보군은 여야를 막론하고 치열한 물밑경쟁을 벌리면서 출판기념회와 강연회 등을 연달아 개최하고 있다.

경기도에서는 한나라당 공천은 곧 당선이라는 의식이 팽팽하면서 당내공천경쟁이 치열하다. 현역의원도 지역구를 바꿀 수 있다며 先공천, 後지역이라는 기현상을 보이고 있다. 치솟는 한나라당의 인기 때문에 공천만 받으면 어느 지역에서나 당선이 가능할 것으로 보고 있어 과열경쟁의 부작용이 벌써부터 우려된다.

도미노게임 같은 연쇄이동을 촉발시키면서 자기사람 통장심기, 연줄대기, 작당, 금품거래의 염려가 커져가고 있다. 열린우리당도 지역구는 실패해도 전국구는20%정도 당선이 가능한 비례대표를 노리는 정치지망생이 몰려들고 있다.

열린우리당은 지난1일부터 오는12일까지 지방선거와 관련 예비후보자를 신청 받아 만남을 주선하고 정책토론회를 했다. 이들의 사전선거 행태는 천태만상으로 출판기념회를 통해 자신을 미화시키고 선전하는 선심잡기가 제일 많다.

내년지방선거부터 선거연령이 19세로 하향되어 고교생 표심잡기에도 안달이어 광역관변단체간부는 고교생을 대상으로 강연을 타진하는 등 묘안창출에 여념이 없다. 공천의 과열양상은 돈거래 등 금력과 권력의 부정부패가 수반되므로 예비후보자들의 자중과 각 정당의 공천시스템개선이 요구된다.

내년부터 지방의원들에 대한 유급화 결정으로 좋은 대우를 받게 된 지방의원이 상종가를 이루고 있어 공천경쟁이 더욱 치열하다. 다시 한 번 생각할 문제는 지방재정의 압박, 과열선거조장, 갈등과 반복을 증폭시킬 수 있는 현제도의 모순을 보완하는 작업을 서둘러야 한다.

문제는 유권자로 주민의 대표를 선출하는 지방의원을 정직성, 성실성, 공헌도 등을 고려하여 참신한 봉사자로서 선출할 수 있는 유권자의 성숙한 자세확립이 필요하다. 준법의식 속에 선의의 경쟁을 하는 페어플레이 정신을 발휘하여 신뢰와 깨끗한 정치문화 조성에 앞서주기 바란다.

한번 뽑은 지방의원은 4년의 임기를 보장하므로 철저한 검증을 통해서 올바르게 선출해야 한다.

47. 급감한 총생산량 대책 세워야

　경기개발원에서 위탁. 수행한 "지역균형정책이 지역 및 국가경
쟁에 미치는 효과분석 연구"결과는 경기도민에 커다란 충격을 주
고 있다. 수도권공공기관을 지방에 이전할 경우 경기도내 총생산
이 최대 2조8천억 원이 감소하고 후생복지도 최대 1조4천억 원이
감소한다는 연구결과 때문이다. 서울시 역시 2조2천933억 원의
총생산이 줄어들 것으로 전망하고 있다. 물론 공공기관을 이전하
는 지방의 총생산은 증가하겠지만 국가전체에서 볼 때 총생산량이
감소되어 국가발전의 발목을 잡게 된다. 뿐만 아니라 경기도의 취
업자도 7만7천5백여 명이 줄어들어 수도권내 고용감소 폭이 커서
국가전체고용도 연평균 4만4천여 명이 감소할 것으로 추정하고
있다.
　보고서는 동등후생변화, 지니계수, 로렌츠곡선으로 평가한 결과

지역소득분배는 개선되나 지역후생은 커질 것으로 보고 있다. 공공기관의 이전은 지역간 소득분배 개선에는 도움이 되나 국가경제의 효율성은 악화될 것으로 전망했다. 사회주의적 가치를 분배정책에 도입하는 것은 결과적으로 세계화시대에 국가경쟁을 약화시키는 정책이 되어 국민경제와 생활에 도움이 되지 않음을 강조한다.

국가적 손실을 감수하는 공공기관의 지방이전을 최소화하는 정책수정은 당위성을 지니고 있다. 정권유지를 위한 공약이행도 중요하지만 발견된 현실 문제를 무시하고 강행하는 어리석음을 범해서는 곤란하다. 그 피해는 모두국민으로 돌아가기 때문이다.

공공기관이전으로 공동화된 곳곳에 최첨단 기업을 설립할 수 있도록 수도권내 기업 활동입지 규제를 해소하는 일이 선행돼야 한다. 사회적 인프라가 잘 갖춰져 국가경쟁력이 있는 수도권을 공동화시키거나 외면할 때 국민의 엄청난 저항을 감수해야 함을 경고한다.

교통통신의 발달은 공간기능을 크게 축소시킨 현실을 외면하고 지역균형발전이라는 정책구호의 포로가 되어 국가경제를 하락시켜서야 되겠는가.

급변하는 국내외 사정에 따라 탄력적으로 적용하는 유연성과 실리성이 존중되는 정치를 하기 바란다. 어떠한 일이 있어도 국민총생산량은 매년 늘어나야 되므로 규제로 인한 감소정책은 마땅히 배제되어야 한다.

48. 세계화시대의 한류우드건설을

21세기는 문화의 시대로 문화가 국가발전의 원동력을 좌우하게 되어 경쟁력 있는 개발과 육성이 절실하다. 문화산업의 중요성을 인식한 경기도가 사업발표 10개월 만에 한류우드착수선포식을 가졌다.

아시아에서 세계로 한류열풍을 일으키기 위해 경기도고양시에 한류우드조성사업을 추진하게 됐다. 16일 고양시 한국국제전시장에서 개최된 선포식에는 5천여 명의 시민이 몰려들어 관심을 고조시키고 있다. 고양시 장장동. 대화동 일대에 30만평의 규모로 2010년까지 조성을 완료하여 콘텐츠개발, 생산, 유통이 종합적으로 이뤄지는 문화산업 클러스터로 조성해 가게 된다.

내년 상반기에는 사업자를 선정하게 되는데 선정기준에 장래성, 공공성, 사명감, 예술성, 윤리성을 기준에 포함시켜야 할 것이다.

한류 국제비즈니스센터, 테마파크, 호텔, 한류벤처센터, 영상제작 스튜디오, 미디어 교육센터, 한류 박물관 등을 입주시킬 계획이다.

인근의 파주출판단지, 파주 L. C. D. 단지, 파주영어마을. 킨 텍스, 일산호수공원, 헤이리 예술마을 등 주변이 한국문화역량 집 결지로 이를 잘 활용할 수 있는 시스템을 개발하고 연계체계를 확 립해야 가는 노력이 중요하다.

한류 우드 조성지는 접근성이 뛰어나고 연계자원이 풍부한 장점 을 살려서 상호협력 시스템을 갖춰가는 노력이 전제돼야 성공할 수 있다. 반만년의 유구한 역사 속에 자리 잡아 성장해온 우리문 화를 세계에 소개하고 널리 알리는 일도 중요하지만 이것을 상품 화하여 고부가가치를 올리는 노력에 심혈을 기울여야 한다.

프로그램개발과 운영, 연구단, 자문위원 등 조직도 소홀히 해서 는 안 된다. 굴뚝 없는 미래 산업으로 각광받고 있는 문화산업의 터전을 견고하게 자리매김해가기 위해서 경기도는 물론, 국가발전 에 기여하는 한류우드조성에 기대를 충족시켜 주기 바란다.

먹거리, 볼거리, 체험거리, 등 다양한 문화욕구를 이곳에서 모 두 충족시켜줄 수 있는 종합기능발현 공간으로 인프라를 구축할 것을 주문한다. 한류우드 건설이 세계화시대를 선도할 수 있는 동 력되길 바란다. 세계인의 꿈과 낭만을 심어주고 아름다운추억을 생성시켜주는 한류우드조성을 기대해본다.

49. 대책없는 경기도 부채3조원

경기도내지자체는 자치실시이후 부채가 급증하여 재정운영에 부담이 되고 있으나 무대책으로 일관하고 있다. 도 본청을 비롯해서 31개지자체가 마구 빚을 내서 사업을 추진한 결과다. 선출직 단체장이 임기동안 가시적인 성과를 나타내려는 과욕이 부채를 증가시켰다.

부채를 얻어 추진한 사업은 도로건설, 택지. 공단개발, 상하수도건설, 관관단지조성, 재해복구, 하수처리시설, 청사건설 등이다. 도본청의 부채가 제일 많으며 총 부채규모가 7천689억 원으로 이중 80%가 손학규지사 취임 후에 이뤘다. 불요불급한 사업을 생색내기와 선심성행정 차원의 집행으로 과다한 부채발생의 원인이 된 것으로 분석되고 있어 대책일 필요하다.

성남시 6천백 억 원, 수원시 2천8백억 원, 평택시 1천75억 원 등 지자체의 과도한 부채는 이자부담 등으로 지방재정을 악화시켜 결국은 시민의 혈세를 낭비하는 꼴이 된다. 부채는 결손 처분할 수 없는 당연히 갚아야 되는 돈으로 후임자에게 빚을 남겨줘 부담을 가중시켜준다.

경기도내 31개지자체가 상환계획을 2010년으로 잡고 있어 우선 쓰고 보자는 의식이 팽배한 것으로 보인다. 지방재정은 효율성, 현실성, 우선성, 공익성, 미래를 기준으로 계획되고 집행돼야 한다. 그러나 경기도지자체는 전시성, 생색내기, 단기성을 중시한 예산확보와 집행으로 부채를 키워왔다.

1조4천547억 원의 부채상환을 2010년 이후로 미뤄서 자신의 임기와는 무관한 무책임한 행정이라는 비난을 받고 있다. 지방재정의 건전운용은 주민의 생활행정서비스를 강화해 줄 수 있는 근간으로 효용성과 시급성에 근거해서 집행돼야 한다.

사업계획수립은 재정형편과 자원조달계획을 충분히 고려한 후 현실에 맞게 이뤄져야 한다. 경기도의 방만하고 무계획적인 부채증가는 지탄받을 일로서 조기상환계획을 수립해야 한다.

지자체의 부채 없는 건전재정은 발전의 필수요임을 망각해서는 안된다. 지방의회의 예산심의와 승인기능강화가 절실하며 철저한 감독을 촉구한다.

지방의원, 전문가집단, 시민단체와 공동으로 부채재정에 대한 시비를 가려 건전재정육성에 기여할 수 있는 방안을 마련할 필요가 있음을 강조한다.

50. 경기교육청, 환경개선 외면 말라

　좋은 환경에서 양질의 교육을 기대할 수 있으므로 교육시설개선에 따른 교육행정의 중요성이 강조돼왔다. 경기도교육청은 내년도 교육환경 개선사업비가 금년의 50%도 확보를 못해 양질의 교육이 우려된다.

　내년도 교육환경개선사업비는 418억 원으로 금년도 사업비 885억 원의 절반도 미치지 못하기 때문이다. 냉. 난방기 등 각종 교육여건개선을 위해 2001년부터 올해까지 5년간 교육인적자원부로부터 특별교부금을 받아왔다. 그러나 내년부터는 예산이 총액교부제로 바뀌면서 특별교부금이 중단돼 시설설비가 어렵게 됐다.

　도교육청은 내년에도 부득이 지방채를 발행할 계획을 세웠다. 해마다 부채가 늘어나 규모가 1조 원을 넘고 있으나 무대책으로 일관하고 있다.

교육재정의 건전화는 쾌적한 시설과 좋은 교육기자재를 확보할 수 있으며 교육효과를 높일 수 있는 근원이 된다. 경기도의 학교시설은 매우 열악하여 도내 1천8백44개교의 10만4천31개 교실 중 난방시설이 없는 교실이 30%에 이르고 있다. 이에 따른 난방시설에만 1천145억 원의 예산이 소요된다. 내년도에는 도내각급 학교에서 난방, 수리, 개선 등의 시설을 축소하거나 포기해야할 실정이다.

경기도교육청은 눈 덩이처럼 불어나는 부채를 더 키울 수 없으며 오직 중앙정부의 지원대책이 절실하다는 푸념이다. 그동안 교육예산의 방만한 지출, 재정적자, 재원확보 무계획의 결과가 오늘의 문제를 키웠다.

교육은 백년지대계로 항상 미래를 예측하며 준비하고 실천하는 지혜가 필요하다. 경기도교육청의 빚더미 살림은 교육자치에 찬물을 끼어는 격이다.

지금부터라도 장기적인차원에서 교육시설재원확보에 지자체, 중앙정부와 협력해서 해결방안을 모색해 가야 한다. 긴축재정도 필요하지만 공공재원의 확보가 우선이며 예산집행의 효용성을 극대화 시켜가는 일이 중요함을 강조한다.

경기도와 교육인적자원부는 당면한 경기교육시설개선에 예산을 지원하고 앞으로 건전재정을 운용해갈 수 있도록 다각적인 지원대책을 마련하길 촉구한다. 예산은 교육여건을 개선할 수 있는 근원이 되므로 반드시 확보해야 한다. 경기도 교육청의 예산 확보는 시급한 당면 문제다.

51. 사랑의 공동모금에 동참을

　매서운 강추위 속에 가진 것 없는 사람들의 겨울나기는 다른 사람의 도움을 절실하게 기다리게 된다. 연말이 되면 연례행사가 되어버린 이웃돕기는 그래서 반갑기 만하다.

　수백만 명이 도움의 손길을 필요로 하며 경기도민의 따뜻한 사랑과 정성을 기다리고 있다. 그러나 경기도민의 이웃돕기 동참은 인색하기 짝이 없다. 경기도 사회복지공동모금회가 펼치고 있는 모금액이 목표액 64억 원 중 26일 현재 21%인 13억 원에 불과하다. 이는 전국 평균모금액 62.5%에 크게 못 미치는 금액이다.

　지난해 같은 기간의 29%보다 줄어든 실정이다. 모금내용을 분석해보면 사회. 종교단체 및 모임이 43%, 기업이 40%, 개인이 8.9%를 나타내고 있다. 도민의 무관심과 외면이 너무 심하다.

　아름다운재단에서 수입금의 1% 기부하기 운동을 펼치고 있는

데 동참하지 않은 사람은 이 기회에 수입금의 1%를 연말 이웃돕기운동에 기부할 것을 권하고 싶다. 도민 개개인모두가 연말 사랑 나누기에 참여가 절실한 때다.

관심과 인정만 있다면 적은 돈을 쉽게 기부할 수 있다. 나눔 없는 사랑은 존재하지 않으므로 사랑을 위해서 우리는 나눔에 동참해야 한다.

나눌 수 있는 아름다움은 타인의 고통과 어려움을 이해할 때 시작된다. 이웃과 함께 나누며 살았던 옛 선인들의 휴머니즘을 이 겨울날에 실천하길 바란다.

작은 사랑이 생명을 구하고 희망을 주듯이 우리와 함께하는 이웃사랑은 추운겨울을 따뜻하게 만들어 줄 것이다. 타 지역보다 소득이 높고 수도권이라는 문화, 경제. 사회적으로 많은 혜택을 누리고 있는 경기도민의 저조한 모금운동을 깊이 생각하며 기부문화 정착을 위해 노력해야 한다.

21도에 머문 사랑의 체감온도를 연말까지 100도로 높이기 위한 도민의 참여가 절실하다. 도민의 한푼 두푼이 모아 생명을 구하고 희망을 준다는 사실을 인식해야 한다.

망설이지 말고 지금당장 모금함에 사랑의 마음을 담아보자. 우리 모두 십시일반으로 사랑 나눔에 앞장서는 가치 있는 일에 동참하기 바란다.

사랑에의 동참은 진실로 가치 있고 아름다운 일이다.

52. 깨끗한 도시, 희망찬 사회

　경기신문은 병술년 새해 캠페인을 클린과 그린으로 설정하고 독자와 함께 생명과 아름다움을 추구해 가기로 했다. 시민의식개선을 위해 매스미디어를 통한 사회교육기능을 수행하므로 독자는 물론 시민의 삶의 질을 향상시켜 가려는 노력에 의미가 있다.

　우리나라의 시스템은 선진제국을 앞지르나 후진적인 시민의식과 행태의 발전은 시급하고 당면한과제다. 질서, 청결, 친절을 반세기동안 교육시키며 정책적 노력을 기울였지만 아직도 요원한 현실이다.

　도로, 거리, 공원, 등이 깨끗한 공간으로 거듭날 때 시민은 이를 아끼고 즐기며 정갈한 생활을 영위해갈 수 있다. 아파트 베란다와 옥상 그리고 길섶에 한포기 꽃과 한그루 나무를 심고 가꿔갈 때 우리사회는 한층 푸르러질 수 있다.

도심의 거리와 공간이 녹색으로 가득한 생명이 살아 넘치는 아름다운 도시를 본보와 함께 만들어가자. 아직도 길가에 가래침을 뱉거나 휴지며 담배꽁초를 함부로 버리는 사람이 많음을 개탄하지 않을 수 없다.

상식과 정의가 무시된 현실은 국가현안과 사회의 당면문제 그리고 경제적 어려움을 더욱 어렵게 만들어가고 있다. 끝없는 이기심에서 생성된 편법, 궤변, 뇌물, 폭압 등을 자기절제의 정갈함으로 통제하고 극복하여 신뢰와 명랑사회를 이뤄가야 한다.

자신의 책임은 뒤로한 채 권리만을 주장하는 억지사회는 추방돼야 마땅하다. 병술년 새해에 사회 환경을 개선하여 선진국으로 성큼 다가갈 수 있는 노력은 독자와 시민이 함께 할 때 가능하다.

살기 좋은 쾌적하고 푸른 터전을 만들며 신뢰와 상생의 사회는 희망이 있고 사랑이 있음을 강조한다. 경기지역의 아름다운 생명 공동체 건설을 청결과 희망을 통해서 일궈가는 일은 무엇보다 가치 있고 보람된 일이다.

본보의 적극적인 홍보와 계도가 시민의 동참과 사랑 속에 찬란하게 성장 되어가길 바란다. 경기지역에서 뿌리내린 청결과 희망 공동체는 전국으로, 세계로 펼쳐갈 수 있음에 확신을 가져본다. 경기도가 솔선수범하여 깨끗한 도시와 희망찬 사회를 이뤄가기 바란다.

작은 일부터 생활 속에서 실천해 갈 때에 사회는 발전되어 가기 마련이다.

53. 직장 보육시설확대 해야

여성인력의 활용을 위해 필수적인 직장 내 보육시설이 없어 출산기피 현상마저 늘어나고 있다. 노동부조사에 따르면 근로자5백명이상 사업장의 84%가 직장보육시설 설치의무를 지키지 않는 것으로 나타났다.

기업체가 직장보육시설을 외면하는 것은 과중한 경제적 부담과 이행하지 않을 경우 처벌규정이 없기 때문이다.

앞으로 직장보육시설 미설치업체는 35.7%가 시설설치, 보육수당지원, 위탁보육 등의 방법으로 직장보육의무를 준수할 계획이어서 요원하기 짝이 없다. 나머지 64.3%업체는 보육비용부담과 아동수 부족 등을 이유로 직장 내 보육시설을 설치할 계획이 없는 것으로 파악됐다. 이에 대해 노동부는 직장보육시설 설치확대를 위해 시설전환비에 대한 무상지원을 확대하기로 했다.

현재지원하고 있는 1억 원을 2억 원으로 늘리고 교재, 교구 및 비품 비에 대한 무상지원을 3천5백만 원에서 5천만 원으로 확대 지원키로 했다. 앞으로 다가올 고령시대와 저 출산에 대비해서 정부는 이 같은 직장 내 보육시설확충과 지원계획을 수립하였다. 여성인력의 활용이라는 측면만을 강조한 보육시설의 확충에 대한 인식은 곤란하다. 가정이든 직장이든 보육문제는 국민 복지차원에서 상당부분을 정부가 책임져야 하기 때문이다.

건강한 유아와 아동의 육성은 결국 국력과 연계되며 국민행복의 근원이 되므로 전 국민을 대상으로 확대 시켜 가야 마땅하다. 근로여성의 경우 육아와 직업노동, 가사노동이라는 3중고를 겪게 되는 현실을 직시하여 정부에서 보육기능을 흡수하므로 양질의 육아서비스를 제공해 주는 일이 중요하다.

직장 내 보육시설확대운영을 성공적으로 정착시키기 위해서는 우수한 보육교사의 확보, 쾌적하고 안전한 사설의 완비, 참여하는 시민의 협조가 절실하다.

출산은 생산력을 위해서가 아니라 인간의 존엄성에 근거한 새 생명창조라는 인식제고가 중요하다. 직장 내 보육시설도 인간의 존엄성 가치가 우선돼야 하며 생산에 여성인력참여는 차후의 문제가 되어야 한다. 미래지향적이고 인간중심적인 보육정책에 최선을 다해 주기 바란다.

54. 청결한 상수원관리를

상수원은 정수 후 곧바로 식수를 비롯한 생활용수로 공급되기에 청결하고 철저하게 관리되어야 한다. 경기도는 한강의 상류지천이 많아서 이의 철저한 관리가 절실한 지역이다.

어제 검찰에서 무허가 폐수배출 시설을 하고 페놀 등 유독성 폐수를 대량 방출한 업체를 무더기로 적발했다. 수질환경보전법위반으로 8명을 구속하고 34명을 불구속했으며 29개 업체와 43명에 대해서 무더기로 입건했다.

위법행위를 한 업체는 남양주시에 소재한 유리공장으로 유리세척기, 면치기, 등의 작업을 해서 카드뮴, 구리, 아연 등 중금속 364톤을 한강지류인 묵현천에 무단방류한 혐의를 받고 있다. 식수는 인간이 존재하는데 가장 중요한 필수적인 요소로 항상 깨끗하게 관리되어야 한다.

이를 위해서 상류, 지류에서 유입하는 상수원을 청결하게 철저히 관리할 수 있는 시스템이 확립이 절실하다. 경기도민은 왜 서울시민이 먹는 수도 물 때문에 공장, 축사, 등 생산시설과 주거시설을 제한 받아야 되냐고 볼멘소리를 한다. 적은지역의 이해관계를 넘어 국민과 국가라는 차원에서 이해하고 수용해야 할 문제다.

선진국의 경우 수십㎞에 이르는 상수원보호구역에 사람의 출입을 엄격하게 통제하면서 철저하게 관리하고 있다. 우리의 경우 기존의 거주와 경작, 사육행위를 용인해주어 상수원이 오염에 항상 노출되어 있다.

중앙정부와 지자체가 공동으로 상수원 종합관리 방안을 모색해야 한다. 상수원 보호지역을 확대 시키고 기존입주자를 이주시키는 대책도 이번기회에 서두르기 바란다.

상수원지역에서 식당을 운영하고 공장을 가동하며 영농을 하는 등 갖가지의 오염원 유발업소는 물론 간접적으로 오염시키고 있는 잠재적 오염업체까지 이주시키는 장기계획을 만들어야 한다.

상수원지역의 거주자와 도민 모두가 상수원보호 지역에 관심을 갖고 함께 지켜가기 바란다. 물은 생명을 존재케 하는 제일의 필수 요소이기 때문이다. 최소한 국민이 마음 놓고 물을 마시고 쓸 수 있게 해주는 수질정책은 어떤 정책보다 최우선적으로 이뤄져야 한다.

55. 實效있는 작은 도서관 확대사업

경기도가 추진하고 있는 도심밀집지역에 밀착형 작은 도서관을 건립하기로 한 사업은 청소년과 지역주민의 교육과 문화환경을 획기적으로 변화시킬 수 있다는데 기대가 모아진다. 독서의 신지식 습득기능은 시대를 초월해서 유지되어왔다.

특히 정보화시대의 독서기능은 지식기반에서 정보를 창출해 이를 고부가가치로 만들어 간다는데 의의가 있다. 도는 금년도에 12개의 작은 도서관을 건립하고 2008년까지는 46개소를 확대건립하기로 했다.

기존의 도서관은 이용대상이 주로 학생들로 수험생들의 학습공간으로 역할을 담당해서 공부방의 이미지가 강했다. 도는 이외에도 61개의 공공도서관을 건립해서 지역민에게 교육복지환경을 개선해서 지역주민의 명실상부한 독서공간으로 거듭나기 위한 노력을 기우려 갈 방침이다.

그동안 경기도는 지역주민의 독서와 학습여건을 개선하기 위해서 지난2003년부터 매년 20억 원씩 총80억원을 투자하여 학교도서관의 도서구입비를 지원했다. 과감한 도의 장서구입비지원정책은 실효를 거둬서 학생1인당 5.5권이던 장서가 2005년말현재는 7.2권으로 대폭 늘어났다.

국민독서의 생활을 위해서 필요한 인프라구축은 필수적이지만 이와 함께 독서의 생활화노력이 수반돼야 한다. 국민독후감 모집과 시상제도의 합리적인 운영을 비롯해서 다독자에 대한 인센티브 제공과 추천도서 선택보급 제도가 필요하다.

국민독서의 생활화는 하루아침에 이뤄질 수 없다. 지속적이고 종합적인 대책과 노력이 수반될 때에 가능해진다. 경기도의 도서관시설, 장서구입비, 관리비 등의 이용자 욕구충족을 위한 충분한 예산확보가 선행돼야 한다.

자치단체장들의 생색내기사업에 예산을 우선배정하기 때문에 도서관예산은 항상 뒤로 밀리기가 다반사다. 지역사회주민들의 일손을 빌어서 양질의 서비스를 제공할 수 있는 자원봉사자에 대한 교육과 훈련예산을 확보하고 관리하는 일도 중요하다.

보관된 도서를 신속하게 배달해주고 수거해 와서 활용도를 높이는 책의대여 시스템 확립이 이뤄져야한다. 쾌적한 공간에서 독서할 수 있는 시설확보도 시급히 해결해야 할 문제임을 강조한다. 지역사회의 작은 도서관은 주민의 일상생활과 함께 할 수 있어 확대건립 되어야 한다.

56. 무례한 도지사 행보

　손학규 경기도지사의 행보가 지사로서 직분을 망각하고 대권행
보를 위한 자신의 업적홍보에 도민은 크게 실망하고 있다. 16일
수원시 중소기업센터에서 연두기자회견을 하면서 경기도의 비전을
제시하기보다는 자신의 홍보와 대권야욕을 위한수단으로 이용했다
는 비난이 쏟아졌다.

　3년6개월의 지사재임을 통해서 서민에게 나은 삶의 기회를 제
공했으며 나라의 발전을 위해 미래의 인프라를 구축한 소리 없는
혁명을 일궈냈다는 자화자찬의 홍보에 눈살을 찌푸리고 혀를 차게
한다.

　이어진 그의 치적소개는 백만 개 일자리 창출, 영어마을 조성,
남북화해위한 경작사업, 둘째아이 복지지원 등 각종복지사업 등을
성공사업으로 꼽았다. 경기도의 추진사업은 파생된 많은 문제점이

정제되어 효과를 기대하기위한 지속적인 도민의 참여와 노력이 필요하다.

시행착오, 사업목표이하의 효과, 행정범위의 이탈, 도민의 외면은 신뢰행정을 통해서 극복할 수 있는 일이다. 장황한 말장난으로 평가가 달라지거나 변화될 수 없으며 그것은 도민의 몫으로 남겨둬야 할 일이다.

이제는 시간이 없다. 4개월 남짓한 기간을 孫지사는 산적한 경기도정사업의 당면과제부터 마무리하는데 혼신의 노력을 경주해야 한다. 엄동설한 북풍 몰아치는 팽성 벌판에서 미군기지 이전 반대 투쟁을 벌리고 있는 시민과 가슴을 맞대고 이야기 한번 해 본적이 있는가. 밥 굶는 무의탁 노인을 비롯한 노숙자와 식사한 번 한일이 있는가. 빚에 허덕이는 농민을 위해서 고민한 적이 있는가. 수도권규제에 꼼짝 못하는 중소기업사주와 머리를 맞대고 논의 해본적이 있는가.

자신을 저평가된 우량주라며 제대로 평가받을 날을 기다린다는 손지사의 모습을 도민은 어떻게 생각할까 한심하기 짝이 없는 일이다. 아직2년 이상 남은 대선을 위해서 현재의 도정을 잘 마무리하면서 고통 받는 도민의 찾아가 격려하고 희망을 주는 일이 우선돼야 한다.

시군 순시가 자신의 홍보를 위하고 지역민의 지지기반을 다지기위한 수단은 페어플레이 정신에 어긋남을 지적한다.

57. 적자중소기업 대책 세워야

기업이 활성화 돼야 고용을 창출하여 실업률을 감소시키고 소득 격차를 극복해갈 수 있다. 지역실정에 맞는 다양한 중소기업을 육성해서 지역의 실업률을 감소시켜가는 노력도 소득양극화해소의 한 방법이 될 수 있다.

소득격차 감소는 물론 양극화 해소는 국정책임자, 기업인, 국민 모두가 인식을 공유하면서 양보와 타협으로 협력해 가야 한다. 새해벽두에 노대통령은 사회양극화 해소를 강조했으나 구체적인대책을 제시하지 못해 정치적 노림수로 사회혼란만 야기 시켰다는 비난을 받는 것도 이 때문이다.

경기도내의 대기업과 중소기업, 중소기업 간의 이익창출의 양극화는 해가 갈수록 심화되고 있다. 경기도와 한국은행에 따르면 과거 10년에 비해 적자기업이 대폭 늘어나는 가운데 경상이익이

10%이상인 기업도 크게 증가하여 중소기업간 양극화가 심화되어 가고 있다.

적자중소기업은 매년 늘어나 2004년에는 23.3%에 이르고 있다. 같은 기간 매출액경상이익이 10%이상인 기업도 21.6%나 늘어나 중소기업의 양극화가 심화되고 있다.

또한 부채비율이 백%이하인 우량기업이 20.9%나 늘어났고 반면에 부채비율이 4백%이상인 기업이 22.3%에 달하고 있어 재무구조의 양극화도 심각하다. 뿐만 아니라 중소기업의 업종 간 양극화도 예외는 아니다.

한은 경영분석 자료에 의하면 중소기업매출액 경상이익률이 음식류, 비금속광물, 1차 금속산업, 자동차, 전기류는 2-3배 이상 성장하고 있다. 그러나 섬유, 의류, 모피, 신발, 목재나무업종은 낮은 수익률이 지속되고 있으며 섬유제품, 컴퓨터 및 사무기기, 영상음향 및 통신장비는 적자로 내려가고 있다.

대부분의 중소기업은 경영상태가 더욱 악화될 전망이며 반면에 우량 중소기업은 자본기술집약적 변모와 고용비중이 확대되어 산업구조면에서 고도화가 진전되고 차입금상환과 자기자본 확충으로 재무구조가 개선되고 있어 다행스럽다.

경기도내의 영세기업의 도산우려 속에 하향편중 된 중소기업의 양극화문제가 심각하다. 경쟁력이 떨어진 중소기업에 대한 기술개발과 집중지원 등으로 흑자를 창출할 수 있는 육성책이 절실하다.

58. 한계에 봉착한 성매매 대책

성매매가 극성을 부리고 있는 가운데 단속에는 한계가 있어 효과를 얻을 수 있는 합리적인 대책마련이 절실하다. 지난2004년9월에 시행된 성매매특별법이 16개월이 되었으나 효과는 전무하다는 평을 받고 있다.

충분한 사전조사와 장기적인 대책 없이 언론플레이를 통한 업적쌓기 정책의 소산으로 볼 수밖에 없다. 경기도지역의 경우 전통적인 매음굴인 수원역 주변, 평택시 삼리, 파주의 용주골의 집성촌이 축소되면서 매춘부들의 일부는 인근 주택가 원룸, 오피스텔로 옮겨갔고, 일부는 퇴폐이발소, 휴게 텔, 발마사지, 안마시술소로 옮겨 성업을 이루고 있다.

불법 타락 성 행위는 도를 넘어 전국곳곳으로 퍼져가고 있으나 당국은 손을 놓고 있을 뿐이다. 주택가, 상가, 관공서주변에서 버젓하게 호객행위가 이루어지고 있는 현실이다. 본보보도에 의하면 수원영통, 안산상록수 인근유흥가, 군포산본 번화가에서는 퇴폐쇼를 비롯해서 즉석 성행위가 이뤄지고 있으나 단속은 전무한 실정이다.

성매매 특별법은 풍선효과가 나타나서 집창촌에서 주택가와 유흥가로 이동했을 뿐 변화가 없다. 일부매춘부와 탈선한 가정주부들이 노래방 도우미로 일하면서 성 매매춘을 하고 있어 어디를 가나 손쉽게 성 행위를 할 수 있게 됐다.

지난해 경기도 경찰이 변태, 불법, 퇴폐업소를 1만7천3백73건을 단속했으나 감소되지 않고 있다. 성 문제는 인류의 역사와 함께 해온 본능으로 이를 규제하기에는 한계가 있으므로 현실적으로 효과를 얻을 수 있는 다양하고 장기적인 대책을 추진해 가야 한다.

가정, 학교, 사회에서 건전한 성 문화정착을 자발적인 노력을 기울이며 단계별 사회운동을 전개해야 한다. 교과서에 성 윤리교육과정을 신설하고 성은 사랑과 생명의 본질이라는 의식을 확립해 갈 때 문제해결은 접근될 수 있다.

매춘부의 재활방법모색과 단계적인 公娼제도를 검토하며 다각적이고 장기적인 정책추진만이 문제를 최소화시키거나 해결의 실마리를 찾을 수 있다.

건전한 성 문화는 범국민적인 자각과 윤리가 확립될 때에 이루어질 수 있음을 인식하여 정책을 수립해가기 바란다.

59. 전국최저의 경기도 재정건전도

경기도를 비롯한 도내 기초자치단체의 합리적인 재정운영이 엉망인 것으로 밝혀져 대책마련이 시급하다. 도내의 기초자치단체의 재정건전도가 전국에서 꼴찌를 나타나고 있기 때문이다.

한국지방행정연구원이 행자부의 의뢰를 받아 실시한 전국광역 및 기초자치단체의 재정건전도 분석결과 경기도가 최하위를 기록하고 있다. 이번평가는 광역자치단체는 A-C로 3등급으로, 기초자치단체는 A-E로 5등급으로 기준을 삼아 평가했다. 평가결과 경기도내 31개 자치단체 중 성남시, 부천시를 비롯한 12개 시군이 E등급을 받아 꼴찌를 하였다.

이것은 전국의 15개 자치단체의 E등급 중 경기도가 12개를 차지한 것이다. 이천시, 광주시 등4개지자체도 D등급을 받아 도내 지자체 50%이상이 재정건전도가 바닥권으로 재정운영의 낙후성을 면치 못하고 있다.

A등급은 수원시, 용인시를 비롯한 6개 시.군에 불과하며 B등급은 고양시와 의정부시 2곳뿐이다. 광역단체의 평가에서 경기도는 B등급을 받았다. 이번평가는 객관성과 공정성이 유지된 것으로 앞으로 재정운영의 중요한 준거될 것이다.

재정평가는 세입구조, 세출관리, 재정관리, 채무관리, 재정투명성 국가정책이행 7개 분야의 30개 항목으로 선진국과 O. E. C. D의 재정지표를 참고해서 재정전문가 그룹과 지자체의견을 수렴해서 만들었다. 앞으로 건전재정확보를 위한 지방행정의 합리성과 함께 개선책이 절실하다.

세원발굴을 철저히 하며 지방세 세입구조체계를 개선해서 탈루세액을 막는 일부터 추진해야 할 것이다. 불요불급한 곳에 예산투여를 자제하고 예산집행과 관리에 세심한 노력을 기울여 가야 한다. 탄력성 있는 금리적용과 자금운용을 전문가에 맡겨 수입창출을 기하는 노력도 필요하다.

철저한 사업의 공정관리와 예산지출도 합리적으로 해야 할 과제다. 지방채를 비롯한 채무관리도 변동금리와 환율 등을 고려하여 전문가집단의 도움을 받으면서 운영해 가야 한다.

지자체의 합리적인 재정운영은 주민의 복지서비스를 개선하고 사회간접자본시설을 확충시키며 행복한 삶을 질을 높여주는 근본이 됨을 인식하기 바란다. 지방재정확충은 건전한 재정운용이 우선임을 강조한다.

60. 시. 군 균형재정위한 법개정을

경기도내 기초자치단체간 재정격차가 심화되어 빈익빈 부익부의 현상을 나타나고 있어 시. 군간 재정의 불평등구조개선이 절실하다. 시 군재정의 양극화는 인구. 도세 징수실적에 따라서 재정을 배분하고 있는 제도적 모순의 산물로 행자부는 법개정을 서둘러야 한다.

재정보전금은 일반재정보전금 90%와 시책추진보전금 50% 특별재정보전금으로 보통교부세를 불 교부단체에 지원하고 있다. 경기도는 2006년도에 1조5천536억 원의 재정보전금을 배분할 계획이다.

배분기준은 일반재정보전금은 인구 60%, 도세징수 실적40%를 적용해서 배분을 하게 된다. 현행배분기준은 인구가 많고 도세징수 실적이 좋은 대도시가 더 많은 재정보전금을 지원받게 되어 있다.

반면에 소규모 지자체는 재정확보가 더욱 열악해질 수밖에 없다.

경기도내의 재정자립도를 보면 성남시가 70.2%를 비롯해서 안양, 수원, 부천, 화성, 용인 등이 높으며 양평군이17.4%를 비롯해서 동두천, 가평, 연천군은 매우 열악한 상태이다. 행자부 평가에 의해 재정력 지수가 높아 보통교부세를 받지 않은 수원, 성남, 고양, 부천 안양 등 불 교부단체는 올해 일반재정보조금의 25%인 3천496억원의 특별재정보조금을 지원받게 됐다.

재정자립도가 높은 지자체는 다양한 사업을 추진해서 시책보전금을 지원받게 된다. 이러한 모순을 해결하기위해 행자부는 재정보전금지원에 대한 재원규모와 제도 등의 지방재정법을 개선하기위한 지자체의 여론을 수집 중에 있다.

일반 재정보전금 배분기준에 재정력 지수 등을 추가하여 특별재정보전금을 점차 축소해갈 방침이다. 문제의 본질은 아직도 재정권을 중앙정부에서 쥐고 지원을 좌지우지하여 통제하려는 발상에서 재정구조가 개선되지 않고 있다.

행자부의 양여금 교부금제도를 폐지하고 이를 광역자치단체에서 집행하게 하므로 현실에 맞는 실질적인 지원이 가능해질 수 있다. 일선 시. 군의 건전재정은 불합리한 징세와 배분의 재정구조를 법과 제도를 개선하는 일이 우선이다.

행자부는 지방재정의 자율권과 조정권을 지자체에 위임하는 방안을 조속히 마련하길 촉구한다.

61. 예비후보등록, 공명선거를

5.31지방자치단체 선거가 앞으로 120일로 다가옴으로 오늘부터 후보자 예비등록이 실시된다. 경기도지사를 비롯한 전국16개 광역자치단체장 예비후보는 선관위에 등록을 마친 후 선거사무소를 설치할 수 있게 됐다.

예비후보 등록자는 유권자에게 명함을 돌리고 e메일을 보내지지를 호소할 수 있으며 1회에 한하여 홍보물을 발송할 수 있는 등 제한적인 선거운동을 할 수 있다. 현직 국회의원이 출마할 경우 의원직을 사퇴를 해야 한다.

공직선거법은 선거기간을 크게 제한하여 5월16부터 17일까지 이틀간 후보등록을 마치고 18일부터 30일까지 13일간 본격적인 선거운동을 하도록 되어 있다. 법적으로 짧은 선거운동 때문에 불법탈법행위가 극성을 부릴 것으로 염려된다.

여야정당의 지지도가 지역에 따라 현저가 다르므로 특정지역은 특정정당후보가 당선이라는 등식이 성립되므로 치열한 공천경쟁과 선거운동이 예상된다. 잘못된 지자체후보의 정당공천제도병폐는 지구당위원장의 사사로운 이해관계로 인한 파행공천을 우려하지 않을 수 없다.

이럴 경우 유권자가 나서서 낙선시켜 합당한 지역대표를 선출하고 사회정의를 구현하는 일에 앞장서야 한다. 광역이나 기초단체장과 지방의원을 공천함에 있어 전과자는 철저하게 배제시킬 것을 주문한다.

지방자치는 진정으로 주민에게 봉사하는 사람으로 신뢰관계와 인간됨됨이가 중요하다. 과거에 저지른 잘못이라고 관대하게 수용할 경우 지역민의 대표성과 업무수행에 오점을 남기게 된다.

특히 공직선거법 위반자는 모든 정당이 후보공천에 낙천시켜줄 것을 주문한다. 오직 결과만을 위해서 수단방법가리지 않고 불법과 탈법을 자행해서 당선된 사람은 영원히 경쟁사회에서 추방할 때 사회정의가 바로서고 공명선거풍토를 정착시킬 수 있다.

앞으로 4개월을 유권자는 공명선거감시자 역할을 해야 한다. 부정 불법한 행위는 공공의 적으로 국민모두가 추방해야 할 당면과제다.

진정으로 지역주민을 위해서 헌신. 봉사할 수 있는 사람을 선출하는 일에 지금부터 최선을 다해야 할 때이다.

62. 기대되는 친구사랑의 날

경기도교육청이 친구사랑 운동을 전개하여 청소년문제를 풀어보려는 시책을 긍정적으로 볼 수 있다. 왕따, 집단폭력 등으로 얼룩진 다양한 청소년문제를 사랑으로 접근하려는 발상이 신선하기 때문이다.

오늘의 우리청소년은 사랑에 굶주리고 공부에 시달리며 스트레스로 고통 받고 있다. 이런 현실을 타개하기 위해서 경기도 교육청은 4월24일(친구'사이', 7월9일(친구), 9월4일(친구'사이'), 11월11일(빼빼로 데이)을 친구사랑의 날로 정하였다.

이날은 다양한 행사를 통해서 친구의 우정을 키우고 청소년문제를 해결해 가기위해서 이 운동을 전개한고 밝혔다. '2006 친구사랑 운동'을 통해서 청소년들의 공동체의식을 함양하고 건전한 육성을 꾀해 갈 방침이다.

청소년들은 개인주의가 팽창하고 컴퓨터사용으로 남에게 무관심하며 대화가 부족한 현대사회가 지닌 모순 속에서 생활하고 있어 많은 문제를 발생시키고 있다. 사랑의 대화로 친구사이의 거리감을 좁혀서 즐겁고 재미있는 학교생활을 유도하므로 문제를 줄일 수 있다는 판단이다.

친구사랑의 날에는 단위학교와 지역교육청별로 다양한 행사를 개최해가기로 했다. 친구에게 화해 편지쓰기, 어려운 친구 도와주기, 친구의 장점 칭찬해주기, 부모님과 대화하기운동 등을 추진해가기로 했다.

그러나 문제는 실천이다. 이운동이 성공하기 위해서는 학생, 교사, 학부모, 지역사회주민, 언론매체가 역할을 부담해서 인내를 갖고 꾸준하게 실천해 가야 한다.

학생들은 친구와 신뢰를 쌓고 정다운 추억거리를 만들어 가는 노력과 함께 실제공간에서 다양한 놀이문화를 찾아 즐겨야 할 것이다. 교사는 사랑으로 학생을 대하며 아름답고 부드러운 말로 사회관계의 모범을 보이며 인간관계교육에 충실해야 한다.

지역사회주민은 청소년들에게 놀이공간을 제공해주고 사랑으로 감싸줘야 한다. 청소년의 친구사랑운동은 먼저어른이 모범을 보이고 실천해 갈 때에 성공할 수 있음을 강조한다.

친구사랑운동이 청소년문제가 심각하고 문화의 불모지인 우리사회에서 뿌리내릴 수 있도록 도민모두가 깊은 관심과 사랑으로 참여하길 바란다. 학창시절의 우정은 성인이 된 후에도 활력과 추억이 되어 생활에 윤활유가 되기 때문에 중요하다.

63. 부끄러운 해외입양아1위

6.25전쟁으로 시작된 고아의 해외입양이 사반세기가 넘었건만 지금도 수천 명의 유아가 영문도 모른 채 매년조국의 품을 떠나고 있다. 현실에 맞는 시책을 추진해서 이제는 우리가 입양아를 키워야 할 때다.

정부에서는 고아수출 세계1위국 이라는 불명예를 씻기 위해 매년 5월5일을 '입양의 날'로 정하고 국내입양을 활성화시켜 가기위해 각종 지원시책을 펼치고 있으나 실효를 거두지 못하고 있다. 경기도의 경우 입양특례법이 시행됐건만 일선지자체에서 입양가정에 대한 지원을 철저하게 외면하고 있어 타 시·도의 지자체이 비해 입양수준이 크게 떨어지고 있다.

대부분의 입양아는 미혼모에 의해서 출생한 후 본인의 의지와 관계없이 해외로 떠나는 비극이 끊이지 않고 있는 현실이다. 최근 보건복지부는 우리나라의 요보호아동이 매년 1만 명 이상씩 기아와 미혼모 등에 의해서 발생되고 있다고 밝혔다.

해외입양실태를 보면 2004년에 2천2백58명, 지난해엔 2천1백1명이 입양됐다. 반면에 국내입양은 2004년에 1천6백41명, 지난해에 1천4백61명이 입양되었다. 국내입양의 여건은 여전히 척박하여 부모로부터 버려진 아이의 40%에 불과하며 60%는 해외로 입양시키고 있는 실정이다.

전국에서 인구가 제일 많은 경기도의 경우 지난해 입양가구는 109가구에 불과했다. 경기도인구의 25%수준인 인천광역시의 경우 지난해115가구에서 입양해서 경기도와 대조를 이루고 있다.

이처럼 차이가 큰 원인은 인천시는 국내입양아동에 대해 양육비를 2004년에 1인당10만 원, 지난해에는 20만 원씩 지원해주면서 시민을 상대로 적극적인 홍보활동을 편 결과로 분석할 수 있다. 버려지는 아이 수는 줄어들고 있으나 해외입양은 감소하지 않는 것은 정책부재와지자체외면의 소산이다.

인구성장이 전무하고 초 고령사회의 빠른 도래는 우리의 생산력을 크게 떨어트리게 되는 현실을 직시할 때 고아의 국내입양은 절실하다. 정부에서는 철저한 미혼모 예방시책을 전개하고 지자체는 우선사업으로 국내 입양아 지원책을 적극적으로 지원해 갈 때에 해외입양아는 줄어들 수 있다. 우리의 아이를 우리가 키우는 것은 당연한 일이다. 국내입양운동에 국민모두의 참여를 기대한다.

64. 여성창업, 경영전략 절실

1998년에 맞이한 I. M. F.외환위기이후 우리의 중소기업 특히 영세기업은 회복하지 못한 채 이직도 활로를 모색하지 못하고 있는 어려운 실정이다.

서민들의 삶이 곤궁해지는 이유 중의 하나가 이 때문이다. 경기도에서는 이 같은 현실을 인식하여 창업자금 마련에 어려움을 겪고 있는 여성을 상대로 1백억 원의 자금을 지원하기로 했다.

지원대상자는 경기도내에서 창업한지 2년 이내의 여성으로 사업종목에 관계없이 전 종목에 걸쳐 지원하게 된다. 이들 예비창업자에게 시설자금의 경우 최고 3억 원까지 3년 거치 5년 상환으로, 운영자금은 5천만 원까지 1년 거치 3년 상환 조건으로 각각 4.4%의 고정금리를 적용해서 지원한다.

창업자금 지원대상자는 지금까지의 지원 시 재무구조나 매출액 등 실적위주로 심사했지만 이번에는 아이템의 참신성이나 성공가능성, 사업의지 등 비 재무 항목을 중심으로 지원대상을 결정하게 된다. 문제는 행정의 형식성을 어떻게 극복하고 실질적으로 창업에 도움을 줄 수 있느냐에 달려있다.

총 몇 명에게 지원액이 얼마라고 정책홍보에 열을 올린 뒤 사후관리와 지도가 되지 않아 예산만 낭비한 사례가 그동안 많았음을 지적해둔다. 도 당국은 민간인이 갖지 못하는 해외경제지표, 경제동향, 새로운 기술, 수출국개척, 합리적인 경영 등에 대하여 지속적으로 정보와 기술을 제공해 주어야 한다.

세계화시대의 규모경제이론도 고려하여 조합이나 협회를 조직하여 생산과 판매 분야에서 경쟁력을 키워 가는 일도 중요하다. 기업 인프라가 잘 갖춰진 경기도라는 지역특성을 살리고 여성이 지닌 능력을 제대로 활용할 수 있도록 지도해주는 노력도 경쟁에서 승리의 요소가 됨을 강조한다.

물론지방행정의 한계와 권한 범위가 있지만 지원성과를 극대화시키고 기업인의 어려움을 해결하여 성공할 수 있도록 최선의 노력을 기울여야 한다.

때로는 중앙정부와 밀접한 관계를 유지하면서 지원을 얻어내고 정, 언, 민이 중지를 모아서 판매 전략을 세우고 생산 효율화를 추진해 갈 때에 성공은 한걸음 다가올 수 있음을 강조한다. 여성인력활용과 개발을 위해서 여성창업을 적극지원해주고 육성시켜가야 한다.

65. 청소년임금 보장돼야

겨울방학을 맞아 청소년들의 근로활동이 늘어나고 있으나 많은 업체들이 근로기준법과 청소년보호법을 위반하며 노임을 체불하거나 착취하고 있어 대책이 절실하다. 수원지방노동사무소가 지난달 5일부터 31일까지 경기도내 일반음식점. 패스트푸드. 주유소. 제조업체를 대상으로 연소근로자 보호. 지도점검을 실시한 결과 14개 업체 중 11개 사업장에서 17건의 근로기준법과 청소년보호법을 위반하였다.

이들 업소에서는 연장 휴일근로수당 등 임금체불, 근로시간 미준수, 야간 휴일 근로금지위반, 최저임금위반, 근로조건 미 명시, 연소자부당대우 등의 법을 위반하면서 청소년의 정당한 노동권을 침해하고 노동 가치를 저평가하고 있다.

날로 늘어나는 가정해체와 곤궁한 삶은 청소년들의 생활을 어렵게 만들어 이들을 근로현장에 내몰고 있으나 사회적 무관심과 제도의 모순으로 이중고에 시달일 수밖에 없다. 청소년의 노동권은 법으로 보호하고 있으나 이를 지키는 않는 대다수업자의 횡포로 커다란 어려움을 겪고 있다.

청소년이 마음 놓고 일하면서 보람과 즐거움을 찾을 수 있는 사회 환경을 만들기 위해서 국가와 사회가 나서야 할 때다. 청소년은 희망과 무한한 가능성을 지닌 존재로 우리 모두가 사랑과 관심으로 보호해주고 육성시켜야 할 의무가 있다.

가정환경이 열악하여 선택의 여지없이 근로현장에 뛰어들은 청소년이 좌절하지 않고 용기와 자신을 갖고 일할 수 있는 사회적 여건을 조성해 주는 일은 매우 중요하다. 노동당국은 경찰, 지자체, 교육청과 함께 단속반을 편성하여 지속적으로 감찰활동을 펼치면서 체계적으로 사업주에 대한 교육을 실시해야 한다.

청소년에게 적합한 새로운 일자리를 만들어주는 일도 서둘러야 할 문제다. 미성년자 고용기준과 채용장려금지급, 근로청소년에게 보상금지급, 직업훈련 등의 제도를 도입하여 청소년의 임금을 보장해 주는 일이 절실하다.

모든 청소년이 건강하게 성장하여 국가와 사회발전에 기여할 수 있도록 노력하는 일은 우리 모두의 당면과제임을 인식하여 청소년 노동문제를 풀어 가야 한다. 청소년기의 직업체험과 임금창출은 매우 바람직한 행위로 국가와 사회에서 보호해주고 지원해 주어야 한다.

66. 헛도는 일자리정책

정부가 추진하고 있는 일자리 만들기 정책이 실효를 거두지 못한 채 예산낭비라는 비난을 받고 있어 실질적인 대책마련이 절실하다. 새로 만든 일자리가 임기응변식의 형식적이고 저임금에 단순노무직으로 안정적인 일자리와는 거리가 멀다.

올해 일자리대책으로 안정적인 일자리를 대폭확충 한다고 밝혔지만 이는 말뿐이고 실질적인 대책을 내놓지 못하고 있다. 실적위주의 전시행정과 사업내용이 부처간 중복되는 현실을 극복하지 못해 문제가 크다.

노동부의 청소년 직장체험, 중소기업청의 대학생중소기업 단기체험, 산자부의 이공계미취업자 현장연수는 매우 형식적으로 일자리 창출과거리가 멀기 때문이다. 고용유발창출의 사회적일자리는 사회적으로 유용하지만 수익성이 낮아 충분히 공급되지 못하는 간

병, 급식, 가사도우미. 공부방 보조교사 등 고용서비스분야이다.

이는 공공근로수준이고 정부가 최대1년까지 지원하고 있어 지원이 끊기면 실업상태가 된다.

전국에 고용안정 센터가 112개가 있으나 취업자의 사후관리가 외면되어 실효를 거두지 못하고 있다. 구인. 구직자를 연결해주지만 직장체험이 아니라 놀이체험에 불과한 허구의 일자리다. 노인 일자리는 65%가 고용기간이 7개월에 불과하며 월 20만 원 수준이다.

참여정부는 2003년에 무려 3만개의 일자리가 감소하자 2004년부터 일자리 창출에 힘을 썼다. 지난해까지 2년간 2조5천억 원을 쏟아 부었으나 결과 없는 예산낭비였다는 비난을 받고 있다.

현 정부는 만 3년 간 70만 개의 일자리를 만들었다. 그러나 같은 기간 비정규직이 548만 명으로 급증하여 사회양극화의 골은 깊어졌다. 정부는 올해엔 지난해 보다 예산을10%늘여1조5천463억원의 예산을 투입해서 52만6천604명에게 일자리를 만들어줄 계획이다.

장애인 고령자 여성 등 취약계층을 위한정책은 여전히 저임금의 공공근로 수준이며 6개월에서 1년 간 용돈을 벌게 해준 일이 결코 취업일 수 없다. 청년고용 유발효과가 큰 산업정책과 연계를 강화하고 선 기업육성정책을 추진할 때 일자리를 창출할 수 있다.

고용 없는 성장은 장기적이고 안정적인 일자리와는 거리가 멀다는 사실을 인식하여 기업성장이 일자리창출의 근본임을 인식하기 바란다. 고용창출 증대를 위한 창업촉진정책에 최선의 노력을 다하기를 촉구한다.

67. 소외계층 정치참여확대를

　그동안 사회로부터 소외당해온 여성, 농민단체가 5.31 지방선거에 적극인 참여를 시도하고 있어 귀추가 주목된다. 군포 여성민우회, 안양여성의 전화, 의왕시민의 모임 등 경기도내 10여개 시민단체를 주축으로 구성된 안양. 군포. 의왕 여성정치 참여연대가 여성의 정치참여를 주장하고 나섰다.

　현재의 이 지역여성의 지방의회참여는 기초단체장 0.4%, 광역의회 9.2%, 기초의회 2.2%로 지역여성의 참여율이 매우 낮은 실정이다. 여성참여연대는 각 정당이 비례대표여성 홀수 번 선순위 배정만을 명시했을 뿐 여성전략공천 할당의무는 실질적으로 공천이 어려울 것으로 보고 있다.

　이들은 지역문제해결을 위해 노력해온 여성과 여성정책에 대한 이해와 정책제안기회를 만들어온 여성을 후보의 기준으로 만들기로 했다. 이들은 여성의 비례대표제 공천과 출마희망자 전원공천을 위해서 적극적인 조치를 취하기로 했다.

농업인과 한국농어민연합회는 지방선거에 참여하여 농민의 권익 증진과 의견을 대변하기로 했다. 경기도의 경우 도시와 농촌이 복합적인 구조로 이루어졌음에도 불구하고 도시의 의견만 반영되어 불균형자치행정이 이루어진다고 지적한다.

농민의 정치참여를 넓혀 농민의의견이 정치권에 전달되도록 하겠다는 것이다. 이외에도 장애인단체, 환경단체, 인권단체, 등 특정단체의 참여가 이어져 금년지방선거에 큰 변화가 일 것으로 보인다. 지방자치는 그 지역의 특성에 맞는 생활행정을 펼쳐서 주민복리증진을 시키는 것이 목적으로 다양한 집단의 참여는 바람직하다. 다만 대승적 가치를 뒤로한 채 집단이기주의로 치달을 경우 엄청난 기회비용이 들고 소모적인 자치행정이 이뤄질 것을 경계해야 한다.

앞으로 75일남은 지자체 선거를 앞두고 다양한 세력의 의회진출에 기대를 걸면서 집단이익보다 지역전체의 이익이 우선해야 함을 인식하기 바란다.

아직 뿌리내리지 못한 지자체가 견실한 뿌리를 내리서 열매를 맺을 수 있도록 다양한 세력의 참신하고 유능한 인재의 참여가 바람직하다. 유권자의 신뢰를 받을 수 있는 덕망을 갖춘 집단대표를 참여시킬 것을 주문한다.

68. 실질적인 수도권광역협의체를

서울, 인천, 경기도는 일일생활권으로 행정, 개발, 복지, 교육 등을 지역특성과 현실에 맞는 계획을 수립하여 추진해 가야 함에도 현실은 상충된 이해관계로 협력하지 못하고 있다. 이런 현실을 비판하면서 수도권의 효율적인 성장관리체계 구축방안모색이 절실하다는 주장이 세미나에서 제기되었다.

수도권의 공통된 현안문제를 해결하기위해 지난1988년에 구성된 수도권광역협의회가 2001년 회의를 마지막으로 유명무실해졌다. 따라서 수도권광역협의회의 기능을 대처할 새로운 조직이 필요하다.

수도권은 경제자유구역, 산업단지, 매각이 불확실한 공공기관과 행정부처 이전지를 제외하더라도 신규사업추진에 6천만 평의 부지가 필요하다. 비용편익에 의한 부담원칙, 난개발제어라는 명확한 정책목표, 중앙정부역할분담이라는 차원에서 수도권과 지자체간 수평적 광역협의체를 구성하여 현안을 풀어 가야 한다.

광역협의체 구성방안으로 특별대책기구를 구성한 후 수도권 택지개발건설사업, 사전평가제를 도입하고 수도권 성장관리위원회를 만들어서 로드맵을 정해가야 한다는 주장이다. 그동안 정부주관으로 이루어진 정책별협의체는 정부지침을 전달받는데 그쳐 지역이익을 대변하며 정책에 반영되는 일이 없었다.

우선적으로 수도권의 개발을 제한하는 수도권개발제한법의 해제가 시급하다. 수도권과밀방지와 지방의 균형발전이라는 주장은 지방 분권법에 의한 균형발전계획이 수립되어 추진되고 있으므로 문제는 달라지고 있다.

국제경쟁사회에서 집중과 집적효과를 배제할 수 없으며 생산과 소비 인프라는 물론 사회간접자본이 발달된 수도권의 개발확대에 의한 부가가치창출은 엄청나기 때문이다. 무분별한 난개발을 방지하고 그린벨트의 보전으로 쾌적한 도시환경유지에 협의체는 힘을 모아야 한다.

교통, 상하수도, 쓰레기, 학군문제는 행정구역에 따른 책임회피와 이기적 주장을 버리고 상호협력적인 노력으로 풀어 가야 한다. 실효를 거두고 자원과 예산을 절약할 수 있는 수도권광역행정협의 새로운 기능에 기대를 걸어본다.

운영하는 사람의 소아적 시각을 버리고 수도권이라는 공통인식을 가져야 함이 중요하다. 함께 더불어 살아가는 윤리와 지혜를 존중하며 실천해가야 한다.

69. 가짜실업급여 받는 사람들

　노동자의 한시적 보호차원에서 실시하고 있는 실업급여제도가 부정한 방법으로 악용되고 있어 보완대책이 요구된다. 노동부는 지난해 부정실업수급자가 9천7백여 명으로 2004년도 4천1백여 명보다 41.3%나 늘어났다고 밝혔다.

　실업급여는 근로자가 고용보험사업장에서 최소 6개월 이상 근무하다가 경영상해고, 계약기간만료 등 비자발적인 이유로 실직하면 실직 전 평균임금의 50%를 3개월에서 8개월까지 받을 수 있는 제도다. 부정수급자는 매년 꾸준하게 늘어나 2001년에는 4천4백여 명이 14억4천6백만 원을 수급 받았으나 작년에는 38억4천5백만 원으로 크게 늘어났다.

　부정수급자 대부분은 취업사실 미신고가 83.6%이며 부정수급액은 50만 원 미만이 78.1%를 나타냈다. 노동부는 금년부터 부정수급행위를 신고하면 수급액의 10%를 포상금으로 지급하고 있다. 현행법은 노동자가 수급부정자로 적발되면 수급액전액을 환수하고 최고 1년 이하의 징역이나 3백만 원 이하의 벌금에 처하도록 되어 있다.

그러나 현실적으로 사업주와 근로자가 공모하면 부정수급행위를 적발하기 어려운 현실이다. 근로자의 복지는 새로운 일자리 마련이 우선이며 이를 돕기 위한 정책의 일환으로 실업급여제도를 실시하고 있는데 이에 현실적인 문제가 많아 대책을 마련할 때다.

노동시장의 유연성을 길러서 자유로운 취업활동을 가능하게 해주는 일자리 창출의 적극적인 정책시행이 요구된다. 수단방법가리지 않고 돈을 벌겠다는 잘못된 노동자의 가치관을 변화시켜 줘야한다. 그만두는 마당에 편리를 보아주겠다는 잘못된 사업주의 관용주의의 사고도 바꿔져야 한다.

잘못된 실업급여 시스템의 문제다. 실업과 동시에 총괄적으로 관리할 수 있는 시스템을 만들어 새로 취업하거나 허위근무사실로 급여를 받을 수 없게 통제시스템을 만들어야 한다.

자유로운 노동시장의 선택이 가능하도록 고용창출의 기회제공을 국가, 기업, 사회가 제공해 주어야 한다. 노동복지수혜자 의식이 변화되어 부정한 방법으로는 어떠한 돈도 받지 않아야 된다.

올바른 실업급여는 어려운 노동자의 희망의 자원이 되므로 부정하게 받아서 절대로 안 된다.

70. 신설학교 부지매입 예산 없어

경기도 교육청이 빚더미에 쌓여 신설학교 건립에 필요한 부지매입 예산을 확보하지 못해 비상이 걸렸다. 양질의 교육을 위해 시설확보는 기본이며 적정한 투자에 의한 교육환경조성은 필수적 요소다.

학교건물을 지을 수 없게 된 현제도의 문제를 조속히 해결해야 한다. 도교육청은 그동안 경기도로부터 학교용지부담금을 지원받았으나 헌재가 위헌결정을 내린 후 부담금을 지원 안 해도 강제규정이 없어 재정난이 가중되고 있다.

학교용지매입비는 1개교 당 1백억 원의 예산이 소요되는데 공사기간이 부지매입 때부터 2년이 걸리므로 2008년도 개교예정인 학교는 금년에 부지를 매입해야 된다. 그러나 도교육청은 26개교에 필요한 부지 매입예산 2천129억 원 중 18.8%인 4백90억 원만 확보한 실정이다.

경기도는 지난해 학교부지매입금 954억 원 중 46%만 지원해 주었다. 이런 지자체의 비협조로 인해 교육청의 재정난은 더욱 심각해지고 있다. 특히 택지지역의 신설개교예정인 15개교의 부지매입비 1천816억원을 한 푼도 확보하지 못하고 있어 수업차질과 부실공사가 우려된다.

궁여지책으로 도교육청은 올해 2천844억의 지방채를 발행할 계획이다. 현재 빚만 1조원에 달하는 경기도교육청은 앞으로 심각한 재정위기를 겪을 수밖에 없다. 학교용지확보에 관한 특례법은 학교용지예산을 시. 도 일반회계와 교육비특별회계에서 각각 50%씩 부담하도록 되어 있으나 이행을 하지 않아도 강제규정이 없어 어쩔 수 없다.

도교육청은 결국 지자체와 교육부의 지원예산에 의존할 수밖에 없는 현실이다. 도교육청의 자체예산확보와 지자체 지원예산의 의무화 법률 제정이 시급하다.

차제에 택지 내 신설학교는 주변주택과의 프라이버시 침해 사례가 없도록 하고 소음, 주변상가 등에 대한 철저한 관리지침을 마련하여 교육환경개선에 나서야 한다. 교육은 백년지대계로 합리적인 계획과 쾌적하고 학습효율화를 극대화시킬 수 있는 환경조성이 절실하며 이에는 예산확보가 필수요소임을 강조한다.

충분한 교육예산확보와 쾌적한 환경조성을 위한 국가차원에 특단의 지원책이 요청된다.

71. 불법선거운동 엄단해야

5.31지방선거가 3개월로 다가오자 불법. 탈법선거운동이 기승을 부리고 있다. 후보자의 정당공천제와 유급제가 도입되면서 공천을 좌우할 수 있는 유리한 여론을 조성하고 지지 세력을 규합하기 위해서 금품을 제공하거나 음식을 접대하는 일이 빈번하다.

여야가 지금 공천심사위원회를 구성하여 본격적인 활동에 들어갔는데 열린우리당은 경선후보를 선정하고 있으며 한나라당은 곧바로 공천자를 선정할 계획이다. 당선예상지역의 정당별선호도에 따라 치열한 경쟁을 벌리고 있어 객관적인 검증을 받은 인재공천보다 뒷거래에 의한 정실공천이 우려되고 있다.

특정지역은 특정정당의 공천이 곧 당선이라는 등식이 성립되므로 수단방법가리지 않고 연줄대기와 사전선거운동을 통한 유리한 여론조성을 위해 몸부림치고 있다. 불법행위도 각양각색으로 학교

운영위원에게 690만원상당의 곶감.270박스를 제공한 예비후보자가 있다. 시정홍보물을 이용하여 자신을 선전하는 14만7천부를 삽지로 돌린 혐의를 받고 있다.

경기도 선관위에 따르면 지난 한달 간 선거정치자금법위반에 대한 특별감시. 단속을 벌인 결과 80건을 적발했다. 이를 유형별로 보면 사전선거운동이 제일 많고 금품 및 음식제공, 명함배부, 인쇄물배부, 집회관련, 시설물설치 공무원의 선거개입 순으로 나타났다.

선거일이 다가오자 다급해진 후보예정자들이 자신을 알리려고 불법과 탈법을 자행하고 있다. 공정한 경쟁이 아닌 승리는 정당한 패배보다 못하다는 사실을 인식해야 한다.

지방선거가 개인의 영달을 위하거나 취업수단으로 악용되는 것을 막기 위해서는 개악된 현재의 정당공천이라는 선거법을 개정해야 한다. 국회의원의 사리사욕에 의해 개악된 현 지자체공천제도는 하루속히 없어져야 마땅하다.

유권자의 성숙한 시민의식의 발현도 당면한 과제다. 인맥과 인정보다 냉정한 판단에 의한 올바른 선택만이 부정선거를 막을 수 있다.

제4기의 지방선거는 인물위주로 공명하고 깨끗한 선거를 통해서 새로운 선거문화를 정착시켜 가야 할 것이다.

72. 부실공천심사 안 된다

지자체의 부정부패의 심화는 단체장과 지방의원의 자질문제에서 비롯돼 이번선거는 자질과 능력이 결여된 후보자는 절대로 안 된다는 중론이다. 여야의 투명하고 공정한 공천이 요구되는 이유가 여기에 있다.

그러나 현실적으로 5.31지방선거 후보자공천심사가 부실로 이어질 우려가 높아져 걱정이다. 공천심사 예비후보자가 제출하는 서류가 무려 10만장이 넘기 때문이다. 1천2백여 명이 몰린 한나라당의 경기도당은 후보자가 제출한 서류를 컴퓨터에 입력하는 작업도 만만치 않으며 막대한 서류분량을 13명의 공천심사위원들이 심사하기에는 현실적으로 무리가 따른다.

열린우리당은 21가지에 달하는 서류를, 한나라당은 18개에 달하는 서류를 심사해야 하는 실정이다. 직계존비속과 재산이 많을 수록 제출서류가 늘어나게 된다. 공천신청자는 최소 30쪽에서 최대 70쪽 분량의 서류를 제출했다. 지난 3일 공천서류접수를 마감한 한나라당은 부족한 보완서류를 제출하느라 부산하다.

한나라당 경기도당은 모든 항목 앞에 요약서인 현황서를 붙이도록 해 잘못하면 대략적인 서류를 보고 공천할 위험성이 커 부실공천이 우려된다. 또한 중앙당에선 여당은 "지방선거 심판을" 야당은 "참여정부심판을" 선거쟁점으로 삼으려 한다. 안 될 말이다. 지방자치는 지역주민이 선택할 문제이지 중앙당의 정치놀음에 놀아나거나 희생돼서는 안 된다.

중앙당은 잘못된 지자체공천 제도를 악용해서 이중삼중으로 주민에게 피해를 줘서는 안 됨을 명심하기 바란다. 여야는 지방자치 발전을 위해 공공성이 높은 정직하고 헌신봉사 할 수 있는 사람을 공천해야 한다.

아무리 시간에 쫓기고 서류가 많아도 철저한 검증을 거쳐서 인격과 자질을 갖춘 사람을 공천할 것을 강력히 주장한다. 만약에 선거법을 위반한 사람, 부정부패에 연류 된 사람, 형벌법규를 위반한 사람을 공천한다면 유권자의 심판을 받아 낙선은 물론이며 정당에 대한 지지가 급락할 것임을 경고한다.

공정하고 성숙한 지방선거로 우리의 지방자치를 발전시켜갈 때가 됐음을 인식하여 지역민이 바라는 후보자를 공천하기 바란다.

73. 경기도, 415억 추징에 111명 징계요구

경기도가 지자체에 대한 정부합동감사 사상 추징 또는 감액금액이 최대규모로 밝혀져 자치행정에 난맥상을 드러내 대책이 시급하다. 감사결과 투기행위가담, 불법그린벨트해제 등 위법 및 특혜제공 등 332건을 적발하고 이에 따른 공무원111명에 대한 파면, 해임, 정직 등의 징계를 요구했다.

333명에 대해서는 훈계권고조치가 내려졌으며 지방세 부과 누락 공사비 과다설계 등에 따라415억4백만 원을 추징 또는 감액조치를 취했다. 적발사례는 성남시의 도시계획변경관련, 시흥시의 요건미달의 그린벨트해제, 양평군의 뇌물수수와 음주운전자의 징계처리외면, 안산시의 부실공사 등이다.

이에 대해 행자부감시관은 각종 개발행위와 관련된 위. 탈법사례가 다른 광역자치단체보다 월등히 많고 재정조치는 사상최대 규모라고 밝혔다. 지방행정의 능력부족과 자치행정의 한계를 드러낸 것으로 경기도민에게 커다란 충격을 주고 있다.

공무원의 공공성의식 부족과 도덕적해이가 도를 넘고 있다. 재정과 행정에 대한 관리감독 소홀은 물론이고 치부를 위한 부패공직자의 보호와 관용이 지자체를 망치고 있다.

공직자의 기본자세는 주민에게 헌신 봉사하는 마음으로 청렴결백을 실천해 가는 것이 기본덕목이다. 부정한 방법으로 이권을 챙기고 민원인과 작당을 해서 이익을 얻으려는 자세는 주민에게 고통과 분노만을 안겨준다. 경기도의 감사시스템과 행정지도체계에 문제가 많다.

예방감찰활동을 부실하게 하고 임기응변식 감사가 문제를 키운 꼴이 됐다. 이번사건은 자치행정의 불신을 키우고 문제를 정나라하게 나타낸 것으로 근본적인 대책을 세워야 한다.

광역자치단체의 감찰, 감사, 지도기능을 제고시키기 위해서 감사관실직원의 전문화교육을 시키고 연중무휴 활동을 제도화시킬 것을 주문한다. 도민신고체계를 확립하여 현장사업에 관리자로 참여하는 시스템도입도 해볼 만하다.

지자체 사상최대 규모의 불법부정행위에 대해 경기도는 자숙하고 재발방지를 위한 특단의 조치를 마련할 것을 강력히 촉구한다. 지자체의 성공은 지방공직자의 정직성과 헌신성에 의한 공공성을 구현하는데 있음을 인식하기 바란다.

74. 정치후원금 투명해야

국회의원의 후원금이 개인이 속한 상임위원회와 이해관계에 따라서 부익부빈익빈의 양태를 보이고 있다. 고액후원자중 현역기초단체장, 광역. 기초의원, 올해지방선거 출마예상후보자가 포함되어 제도의 문제를 드러냈다.

투명한 정치후원금 정착을 위한 다각적인 노력과 제도보완이 요구된다. 중앙선관위가 밝힌 지난해 국회의원에 대한 고액기부자 명단 가운데 60%정도가 얼굴 없는 후원자이다.

시민단체가 공개된 고액 기부자 명단을 분석한 결과 공개건수 6천4백건 가운데 4천여 건이 인적사항이 기재되지 않은 부실신고자로 밝혀졌다. 직업란을 비워둔 경우가 280건이며 기재한 사람도 사업, 회사원, 자영업 등으로 부실 기재했다.

사업가나 지방의원이 여러 명의 국회의원에게 후원하면서 사장,

회사원, 자영업 등으로 서로 다른 직업을 기재해서 유착관계의혹을 더욱 증폭시키고 있다. 왜 정치자금을 내고도 당당하게 이름 밝히기를 꺼릴까를 생각할 때 저의를 의심하지 않을 수 없다.

자신이 기부한 돈의 성격이나 금액에 문제가 있음을 인지할 수 있다. 정치자금은 투명하야하며 기부내용의 부실기재를 방지하기 위해서 제도의 개선이 필요하다.

기부자의 인적사항을 기재할 때 막연하게 직업만 적도록 된 현행법의 허점을 보완해야 한다. 투명한 정치자금 기부라는 법 취지를 살리기 위해서는 인터넷에 후원자내용을 공개해야 한다.

현재 고액기부자의 명단을 보려면 선관위에 정보공개청구를 하거나 직접 방문하여 열람해야 되는 문제를 개선할 필요가 있다. 미국의 경우는 회사이름과 직책을 물론 인터넷에 신고내역을 상시 공개하고 있다.

현행제도는 정치자금기부에 대해 환금을 받을 수 있는 개인과 기업에게 문을 열어놓고 있음에도 일부에서 이해관계에 따라서 뇌물성 편법 기부를 하고 있어 문제가 크다. 기부내용을 상세하게 명기할 수 있게 국회는 법개정을 서두르기 바란다.

국회의원은 자신의 이해관계가 달린 후원금제도를 하루속히 개선하여 정치자금의 투명화에 앞장서기 바란다. 국민을 위해서 헌신 봉사할 때 천원, 이천의 정성어린 후원금이 모아져서 정치활동을 도와준다는 사실을 인식해야 한다. 정치후원금의 투명성은 바른 정치를 할 수 있게 해주는 초석이다.

75. 기업이 신뢰하는 경제정책을

현 정부 들어 왜곡되고 불확실한 경제정책과 반 기업 정서의 확산으로 경제난속에 중소기업이 어려움을 겪고 있다. 연구개발에 대한 투지부족은 생산성저하와 경쟁력약화로 대기업에 비해 상대적 고통이 크기 때문이다.

중소기업은 자구책을 찾아 다각적인 노력을 기울이며 정부의 종합적인 지원책을 바라고 있다. 전국의 중소기업인과 소상공인의 3분의 1이상이 경기도에 있음에도 불구하고 그동안 지원 미흡함과 수도권 기업에 대한 차별 및 규제로 많은 불이익을 보아왔으나 정부는 모르쇠로 일관해왔다.

참다못한 경기도 중소기업인 5천여 명은 기업이 신뢰할 수 있는 경제정책의 강구를 촉구하고 나섰다. 최근 수원실내체육관에서 개최된 경기도 중소기업인 대회에서 제기됐다.

이날 행사에서 중소기업인들은 경기도 중소기업인 대정부건의 문을 채택하고 기업인이 마음 놓고 투자할 수 있는 투자유인책과 특별지원대책을 마련하라고 요구했다. 수도권기업의 생산 활동을 저해하는 공장총량제와 수도권정비계획법 등의 규제철폐를 강력히 주장했다.

중소기업과 소상공인에 대한 다양한 정책금융지원을 확대하고 지속적인 신용보증재원 확충도 건의 했다. 경기도 중소기업인 으뜸헌장을 선포하고 중소기업은 우리경제의 뿌리요, 중심이요, 얼임을 천명하였다. 이들은 중소기업이 없는 대기업은 없다면서 중소기업의 중요성을 강조했다.

중소기업의 국제경쟁력강화를 위한 정부의 기술개발과 활성화 정책 없이는 존폐의 위기에서 벗어나기 어려운 실정이다. 특히 수도권과밀 방지를 위해 만든 수도권정비계획법과 공장 총량제 같은 정책은 하루속히 폐지해야 마땅하다.

지방분권정책과 지역균형발전계획으로 전국이 일일 생활권화 되어 수도권을 규제할 이유가 없음에도 풀지 않고 있다. 경기도를 비롯한 전국의 중소기업육성과 경쟁력 강화를 위한 정부의 과감하고 혁신적인 정책배려를 촉구한다.

서민경제의 중요한 영역으로 기능을 하고 있는 중소기업의 성장은 국민안정과 직결되기 때문이다. 오락가락하는 정부의 경제정책으로 더 이상의 중소기업이 피해를 보거나 희생돼서는 안 됨을 강조한다.

76. 서울시의 한심한 교통정책

서민들의 대표적인 교통수단인 버스운행을 놓고 지자체가 지역이기주의에 몰려 운행통제를 추진하고 있어 대책이 시급하다. 서울시가 경기도와 인천시의 버스진입을 제한하는 방안을 추진하자 강력반발하고 나섰다.

버스의 서울진입 통제는 명백한 위법행위로 서울중심의 지역주의 발상으로 있어서는 안 될 일이 벌어졌다. 교통수단은 지역 업체의 이익보다 이용고객중심의 공공성이 우선돼야 함에도 불구하고 이를 외면하려는 서울시가 문제다.

시. 도 간 광역버스운행 조정은 경기도지사와 서울시장간의 합의 사항으로 어느 한쪽에서 일방적으로 결정할 수 없는 일인데도 서울시는 버스운행을 통제할 방침을 고집하고 있다.

버스노선관련 시행규칙은 건교부장관이 개정해야 가능한데 서울시의 안하무인격 행정이 지역민의 반발을 사고 있다. 서울시는 시. 도경계로부터 5-10km만 버스를 연장운행 할 것을 고집하고 있어 문제해결이 용이치 않을 것으로 보인다. 이럴 경우 양 지역의 버스이용승객만 피해를 보게 된다.

경기. 인천지역버스의 서울진입을 막을 경우 결국 승용차 이용객이 늘어 교통체증을 가중시키는 것은 뻔한 일이다. 서울시의 일방적 조치는 서울, 인천, 경기, 건교부가 협상을 통해 마련한 버스노선조정, 환승할인, 서울교통카드, 등의 합의 내용을 전면 부인하는 행위로 시민불편을 폭발시켜 수도권 교통대란을 불러올 수 있다.

교통수단의 지역간 이해관계는 이용자편의, 공공성, 전체성을 기준으로 판단해야지 어느 특정업체를 위한 결정은 수용이 불가하다는 사실을 서울시는 인식하기 바란다. 글로벌시대에 지역 업체 보호를 위해 통행을 제한하는 발상은 지탄받아 마땅한 일이다.

서울시는 잘못된 발상의 추진을 즉각 취소하기 바란다. 이것은 결코 서울시의 합리적인 교통정책과 시민을 위한 정책에 부합되는 일이다. 사회적 이동성증대는 서울시경제 활동에도 커다란 도움이 되기 때문이다.

이용시민에 불편을 주는 행정은 외면 받기마련이며 근절돼야한다. 버스 광역노선운행에 대한 갈등과 행정낭비를 조속히 해결하기위한 양 지자체의 슬기로운 협력이 절실한 때임을 강조한다.

77. 그림에 떡, 판교 서민아파트

경기도 성남시의 판교신도시 아파트청약이 29일부터 시작되는데 중소형아파트입주자 실부담금이 평당1천3백만 원을 넘을 전망이다. 분양가이외에 발코니 트기비용, 옵션 등을 포함해 5백만 원 정도가 늘어나 입주자들은 신뢰성 없는 정부정책에 분노를 터트린다.

공급가격은 원가연동제로 인해 평당1천1백만 원을 넘지 않을 것이라는 정부공언은 실언이 되게 됐다. 정부가 시장과 업계사정을 무시한 채 평당1천1백만 원이 넘지 않을 것이라고 허언만 계속해 왔다.

건교부는 2003년8월에 판교분양가를 평당860만원에 묶겠다고 공언했지만 2년7개월 만에 평당5백만 원이 상승했다. 정부말만 믿고 돈을 마련한 실수요자는 애를 태우거나 청약을 포기해야 하는 실정이다.

추가된 3천만 원을 마련하지 못해 청약을 포기하는 예비청약자가 늘고 있다. 중소형 임대아파트 보증금도 턱없이 높다. 민간임대 아파트보증금이 32평형의 경우 2억5천만 원에서 3억 원에 달할 것으로 전망돼 무늬만 서민임대주택이지 그림의 떡이 되고 말았다.

건설업체는 원가연동제나 분양가조정 등은 정부의 찍어 누르기식 가격정책이 시장을 왜곡 시킨 결과라고 볼멘소리다. 정부의 주먹구구식시장 예측이 낳은 결과다. 임대아파트 보증금을 당초1억원 안팎으로 예상했으나 실제론 2-3억 원이 될 전망이다.

임대주택당첨자는 보증금이외에도 월임대료 60만 원을 10년간 내면 분양전환 때까지 3억2천9백만 원의 금융 부담금을 내게 돼 총 분양가가 4억원에 이르게 된다. 싼값에 주택을 공급하겠다는 당초의 정책취지를 해칠까 봐 구체적 근거를 제시하지 못했다는 변명이다.

정부의 생색내기 정책의 결과로 볼 수 있다. 한치 앞을 못 보는 정부의 주택정책은 항상 국민 불신을 증폭시켜 왔듯이 이번 판교분양도 매 한가지가 됐다. 분명한 사실은 시장경제의 기본은 수요와 공급구조를 시장자율에 맡기는 것이 중요하다는 사실이다.

참여정부는 인기영합이나 생색내기 주택정책을 지양하고 현실적이고 미래적인 정책을 추진해 가길 바란다. 계속되는 정책불신은 정권유지의 암초가 될 수 있음을 경고한다. 신뢰를 얻는 주택정책 추진을 다시 한 번 촉구한다.

78. 지방공기업 낙하산인사근절을

지방공기업은 단체장 선거의 논공행상에 따른 보상적 성격으로 비합리적인 인사와 부실경영으로 일관해왔다. 책임경영을 기대할 수 없는 철 밥통과 낙하산인사의 대명사로 획기적인 개혁이 요구된다.

행자부는 지방공기업에 대한 낙하산인사를 사실상 하지 못하도록 제도화를 추진하고 있어 다행스럽다. 지방공기업에 비전문가, 자질부족, 등 문제가 많은 사람을 단지 단체장 선거운동원이란 이유로 임직원이 되었다.

글로벌 시대에 인맥으로 자질과 능력이 부족한 사람을 부당하게 채용하므로 직원들의 불평 속에 적자기업으로 상징되어 각종부조리를 유발시켜왔다. 임원진은 경영성과와 무관하게 임명권자인 단체장 비위만 맞추면 된다는 사고가 팽배해 있어 경영부실을 야기 시켰다.

이런 문제를 극복하기 위해서 행정차치부에서는 지방공기업조직과 운영에 시장경쟁원리를 적용하는 2006년 지방공기업경영혁신 추진계획을 발표했다. 시장경영성과 계약제 및 시장 평가 제도를 도입하고 경영평가 제도를 공기업혁신수단으로 활용한다.

공기업사장은 상반기 중 단체장과 경영성과 계약을 체결하게 되는데 여기에 경영성과, 연봉, 성과상여금 차등지급, 연임보장과 임기중해임 등 인사조치사항을 포함시켰다. 사장 평가 제도를 도입하여 인센티브 판단근거로 활용할 방침이다.

자율책임 경영체제, 저비용 고효율조직구조개선, 선진적 기업경영 문화도입, 혁신활동상시화, 경영평가제도 내실화 등 혁신사항을 적극 추진해 가기로 했다. 행자부는 지자체의 조례 등 제 규정과 관행을 정비해 고질적 모순개선에 나선다.

문제는 제도보다 임명권자와 구성원의 자질이 중요하다. 아무리 제도가 좋아도 운영하는 사람에 문제가 있으면 성과를 기대할 수 없다.

임직원의 자의성과 주관성을 줄이고 객관성. 공공성. 효율성을 높일 수 있어야 한다. 평가기준과 실책. 성과에 대해 책임을 지는 변상제도를 강화하는 부분을 엄격하게 관리해갈 것을 주문한다.

경영은 자기 마음대로하고 결과에 대해서는 책임을 지지 않았던 무책임성을 근절시키고 무한책임을 부여하는 제도와 조례개정 등을 하루속히 이행해 가길 촉구한다.

79. 껍데기뿐인 일자리 지원

정부가 추진하는 청년일자리지원 정책이 말뿐으로 예산만 낭비하고 실효를 거두지 못하고 있어 대책이 시급하다. 일자리지원사업은 같은 예산으로 사람수자 늘리기, 기존사업 일자리지원에 편입, 중복사업, 단순노동에 그치고 있다.

기획예산처는 산모, 신생아 도우미 사업으로 1만1192명의 일자리를 창출하기 위해서 38억 원을 배정했다. 그런데 보건복지부 기준에 맞춰 계산하니 실제로 일자리 창출은 894명이었다. 고용효과를 12배가 넘도록 부풀렸다.

뿐만 아니라 금년에 398억 원의 예산을 투여하여 대학생, 고교생 6만2천5백 명을 공공기관과 민간기업에서 청소년직장체험 프로그램에 참여하게 된다. 청소년에게 다양한 직장체험기회를 제공해 진로설계에 도움을 주고 직업능력을 개발을 지원해준다는 취지에서 실시했다.

이들 대부분은 신문정리 같은 단순노동을 하며 시간을 보냈다. 우편물 분류 같은 육체단순노동을 하거나 공공기관에서 게임을 하면서 시간을 때웠다.

지난해 여성부에서 성매매에서 벗어난 여성들의 창업자금 8억 원을 배정했으나 2명에게 6천만 원만 집행됐다. 정부가 추진하고 있는 일자리 지원사업이 인원 부풀리기, 부실한 사업구성, 부처별 중복사업 등으로 사업효과를 보지 못하고 예산만 낭비한다는 비난을 받고 있다.

의정보고서에 따르면 올해 정부가 1조5천463억 원의 예산을 투입하여 52만6천604명에게 일자리를 지원한다는 계획을 세웠으나 결과는 매우 미미하다. 사회의 고용불안은 심화되고 국내의 유수기업은 해외로 공장을 옮기고 있는 현실을 직시할 때 일자리 정책은 무엇이 근본문제인가를 파악해서 대책을 세워야 옳다.

반 기업정서의 확산, 노조의 지나친 투쟁방식, 고임금, 불합리한 사회구조가 기업 활동을 위축시키며 해외로 이전을 촉진시키고 있다. 실질적인 일자리 창출은 활발한 기업 활동의 지원에 있음을 명심하기 바란다.

생색내기, 수자놀음, 부풀리기 정책은 이제 종식을 구해야 한다. 현 정부의 경제실정과 국민고통에 대한 진솔한 반성과 종합적인 대책을 지금부터라도 마련해서 실질적인 일자리 창출사업을 추진해 가는 것이 우선 순서이다.

80. 무소속연대에 거는 희망

채 두 달도 남지 않은 지자체 선거를 앞두고 여야의 공천 작업이 마무리단계에 들어서면서 후보자와 정당간의 갈등표출이 심화되고 있다. 지역민심을 외면한 채 중앙당의 정치놀음에 따라 선거법을 위반한 전과자를 공천하는 등 공정성과 객관성을 상실한 밀실야합 공천이 판치고 있다. 이러한 가운데 무속연대 움직임에 일고 있어 희망을 갖게 한다.

지방자치의 근본원리에 반하는 중앙당이 공천권을 행사하는 개악에 현역 자치단체장과 지방의원들이 강하게 반발하였으나 이를 무시했던 결과의 소산이다. 우려했던 대로 중앙당의 공천심사위원회는 전권을 휘두르면 불공정공천과 밀실공천을 자행하고 있다.

운영위원장과 반목을 빚고 있는 경기도 북부권과 동부권지역의 경우 단체장후보를 능력보다는 당에 대한 충성도와 정실을 기준으로 공천할 경우 탈당하여 무소속연대를 구성하려는 움직임이 일고 있다. 각 당의 공천이 끝나는 중순경에는 활발한 무소속연대가 탄생하여 새로운 세력으로 등장될 전망이다.

특히 현역기초단체의원들은 지자체의 정당공천은 지방의원들을 정치하수인으로 전락시키고 지방자치에 역행하는 행위라며 도내곳곳에서 무소속출마를 선언하고 탈당대열에 합류하고 있다. 지방자치를 종속 시켜서 권력을 휘두르려는 흉악한 중앙정치권의 야욕을 분쇄할 수 있는 계기가 되었으면 하는 바람은 모든 유권자의 마음이다.

이번 공천파동이 제2의 정치혁명의 계기가 될 수 있기를 기대해본다. 지방자치는 중앙당의 충성스런 종속관계가 아닌 지역을 위한 봉사와 헌신의 윤리를 요구하고 있다.

유권자가 이를 인식하여 정당을 탈피한 진정한 지역일꾼을 선출할 때 중앙정치권의 야욕을 분쇄할 수 있음은 물론이다. 성숙한 시민의식과 분별력 있는 유권자를 무시한 중앙정치권이 심판 받을 때 우리 지방자치는 한층 성숙될 수 있음을 강조한다.

추악한 돈과 권력의 진흙탕 싸움이 되어버린 지방선거공천을 심판하고 참신한 지역일꾼을 뽑는 축제의 선거일이 되기 위해서 유권자가 적극 참여하는 생활정치의 기반이 탄탄하게 조성되길 바란다.

81. 학교급식관련 불량업소추방을

　불량학교급식과 관련된 업소가 무더기로 고발됐다. 자라나는 학생들의 건강과 직결된 학교급식이 업자의 얄팍한 상술에 의해 불량품으로 공급되고 있기 때문이다. 급식관련 업소들이 유통기간이 지난식품을 보관하여 사용하고 자가 품질검사를 실시하지 않은 불량학교급식관련업체 90곳을 무더기로 적발하여 조치했다.

　식품의약품안전청은 지난달 지자체, 교육청과 합동으로 학교급식 관련업소 교차단속을 벌린 결과 식품위생법을 위반한 학교급식 도시락제조업소 54곳과 학교위탁급식업소 23곳, 식자재공급업소 13곳 등을 적발했다. 위반내용을 보면 김밥에 대해서 자가 품질검사 전 항목을 실시하지 않고 판매하였다.

　유통기간이 지난 소스와 유부제품을 보관 사용했고 도시락 반찬류 제조 일을 허위로 표시하였다. 급식작업장 바닥은 음식물찌꺼기, 오수 등으로 오염되어 있어 위생기준을 위반했다. 특히 다가오는 하절기를 맞아 학생들의 건강을 위협하고 있어 특단의 조치가 절실하다.

기온이 높은 여름철에 부패하기 쉬운 음식물의 관리와 유통기간이 지난 음식물의 폐기 처분조치를 철저히 할 것을 주문한다. 식약청은 앞으로 하반기에 합동단속을 실시하여 위반업소에 대하여 행정처분은 물론 사후관리를 철저하게 할 방침이다.

문제는 소 잃고 외양간 고치는 식이 돼서는 곤란하다. 사전에 철저한 단속과 함께 지자체의 협조를 얻어 업자를 대상으로 위생교육을 실시하고 위반업소에 대한 처벌을 강화해 가야 한다.

관련기관의 협조를 얻어 위생규정을 강화하고 위반업소는 납품과 판매를 엄격하게 제한하는 방법을 찾아야 한다. 불량한 집단급식공급은 식중독위험이 높으며 학생건강을 해칠 것이 불 보듯 뻔하므로 사전예방과 점검이 절실하다.

해마다 반복되는 학교급식의 문제해결을 위해 근본적인 대책을 찾아야 한다. 학교에서 직영하거나 학부모들로 감시반을 구성하여 자율 활동을 강화시켜가는 방법 등을 충분히 검토하여 실효를 걷을 수 있는 대안을 찾는 일이 급선무다.

성장고조기에 있는 학생에 대해 공급하는 급식이 합리성과 공공성을 상실한 채 시간을 낭비하는 동안 그 피해는 학생들로 돌아간다는 사실을 당국은 명심하기 바란다.

82. 다문화 가정연대 결실 맺길

하인즈 워드의 방한을 계기로 혼혈아에 대한 사회적관심이 높아지고 있다. 오랫동안 순혈주의 모순에서 헤어나지 못한 편견이 사라지길 기대한다.

매년국제결혼이 증가하고 세계화시대의 지구촌가족이 강조되고 있는 현실을 직시할 때 혼혈인 가정에 대한 편견과 멸시가 사라져야 한다. 국제 결혼한 여성과 혼혈인의 인권을 신장하고 한국정착을 지원하기 위해 시민단체가 결성되고 지자체의 지원대책이 잇따르고 있어 다행스럽다.

경남창원에서 우즈베키스탄과 러시아, 일본 방글라데시, 필리핀, 태국 출신 등 혼혈가구1백 가구가 참여하는 다문화가정연대가 5월20일 출범된다. 혼혈아들이 내국인과 같이 동등한대우를 받고 살아갈 수 있도록 제도개선 등 권리보호활동은 물론 이민여성과 혼혈세대간 친목 및 정보교류활동을 하게 된다.

결성을 주도해온 시민단체는 편견이 담긴 혼혈인, 국제결혼 등이란 말을 가급적삼가하고 전국규모의 조직으로 확대해서 이민자의 인권과 생활권을 보장받을 수 있는 사회운동을 펼칠 계획이다.

경기도 교육청은 외국인 근로자 가정과 국제결혼가정 등 다문화가정자녀의 기초학습능력향상을 위해 특별지도를 하기위해 자원봉사자를 모집해서 5월경에 각 학교에 배치할 방침이다.

서울시는 혼혈인과 외국인 노동자를 위한 종합지원대책을 수립했다. 전남 남원시 보건소는 외국인 엄마가정돌보기 사업을 추진하며 지난 3월부터 외국인 여성의 육아상담과 건강관리를 해주고 어린이에 대하여 정기적으로 무료건강진단을 실시하고 있다.

광주시도 다문화가정전수조사를 벌렸으며 조사결과에 따라 한국어 교육과 교육비지원 등 구체적인 지원비를 마련해갈 방침이다. 인천시 교육청을 비롯한 타시도 교육청도 다문화가정 자녀와 학부모를 위한 한글 및 한국문화교육을 위한 특별학급을 운영하고 있다.

언어와 문화가 달라서 겪게 되는 고통을 보듬어주고 따뜻한 이웃으로 돌봐주는 미덕은 국익을 위하고 인도주의를 실현해가기 위해 꼭 해결해야 할 문제이다.

지자체뿐만 아니라 국가차원에서 다문화 가정연대활동을 지원하는 정책을 추진해 가길 바란다.

83. 통합과 비전의 지방선거를

지방선거는 주민에게 비전을 제시하고 보다 나은 지역발전을 통한 주민의 복지를 향상시켜가려는 노력이 중요하다. 지방을 중앙정치의 종속관계를 맺어 장악하려는 구태의연한 발상은 사라지지 않고 있어 문제다.

지방선거를 50일 앞두고 각 정당의 공천 작업이 마무리 되어가면서 우려했던 대로 공천 잡음과 충돌이 현실로 나타나고 있는 것도 이 때문이다. 이번 공천이 어느 때보다도 치열한 것은 지방의원의 유급제 실시와 내년대선의 전초전이라는 각 당의 치열한 기싸움에 사활을 걸고 있는 것이 원인이다.

중앙당에 줄 대기가 기승을 부리고 지역구 출신국회의원과 공천심사위원은 자기 사람심기에 혈안이 되었다. 경선을 앞두고 금품을 살포하고 음식을 접대하는 등의 구태의연한 부정행태가 사라지지 않고 있는 현실도 정치수준의 한계이다.

중앙당에서는 유권자를 양분하여 확실한 지지층을 늘리고 자기편 만들기와 편 가르기 정책을 쏟아내 유권자를 짜증나게 한다. 지역이기주의에 영합하는 선심성 정책을 남발하고 상대방비방에 열을 올린다.

이런 와중에서 여야5당은 매니페스트 정치협약을 맺어 재원조달방안 등을 명시하고 있어 기대를 걸어본다. 문제는 국민을 속이거나 임기응변식 작당이 아닌 국민을 위한 진정성에 있음을 강조한다.

정당한 패배는 비열한 승리보다 가치가 있음을 유념하기 바란다. 지방자치의 성숙한 발전을 위해서 국민모두의 참여와 노력이 절실한 때다.

시민단체와 학계가 중심이 되어 스마트 운동을 전개하여 공명선거를 치러가겠다는 노력에 기대가 모아진다. 국민의 참여로 지방선거를 공명선거로 이끌어서 지방자치를 발전시켜가는 실천적인 노력이 절실하다. 유권자는 냉정한 이성적 판단으로 투표하여 자질과 능력이 부족한 후보자를 심판해야 한다.

심지어는 금품을 수수한 전과자, 선거법위반자를 공천하는 중앙당의 오만불순 함과 지방민을 우롱하는 처사에 유권자가 나서 심판해야 한다. 공천과 선거후유증에 시달려왔던 과거를 분석해보면 부도덕한 후보자가 수단방법가리지 않는 선거운동으로 당선되었다.

유권자는 불평보다 투표로서 심판해야 함을 명심하기 바란다.

84. 근본적인 황사대책을

봄의 불청객 황사가 어김없이 매년 찾아오건만 속수무책이다. 문제의 심각성을 외면한 채 무방비한 안일함에서 벗어나 근본적인 대책을 세워 해결해가려는 노력을 기울여야 한다. 이번 황사는 기상청의 예보늦장으로 외출시민의 피해가 컸다.

기상청이 사과해서 문제가 해결될 수 없다. 황사발원지인 중국 고비사막과 내몽골 만주화북 지방의 사막이 점점커지고 있어 문제가 심각하다.

중국과 몽고지역에서 발생하는 황사는 중국의 빠른공업화에 따른 개발로 자연파괴가 심한 것이 원인이다. 무분별한 벌목과 방목 및 경작면적의 확대는 사막화를 가속화시켜가고 있다.

중국의 빠른 공업화에 따라 중금속오염물질을 황사가 실어날러 사람에게 알레르기성 결막염, 알레르기성 비염, 후두염, 아토피성 피부염, 폐 질환 등을 유발시키게 한다. 반도체등 정밀산업에 치명타를 주며 농작물에는 성장을 막는 피해를 준다. 최근에 자주 발생하는 황사는 일본, 미국, 등까지 피해를 주고 있으며 중국연안의 공업지대에서 생성된 오염된 대기는 중금속과 다이옥신 등의 유해물질을 실어 날러 피해가 크다.

현재 내몽골 고비사막 부근의 미세먼지가 최고 9천μg/㎥에 이르는 매우 강한 황사로 사람에 대한 피해가 우려되고 있다. 황사는 최근30년 간 발생한 전국평균일이 3.6일이지만 올해 들어 이미 네 차례나 발생했으며 예년에 비해 2배 이상의 황사가 내습하고 있다.

2001년에는 무려 31일이나 관측되는 등 갈수록 황사내습이 심해지고 있어 문제다. 황사피해를 예방하기 위해서는 청결한 습관을 길들이고 하루에 물이나 차를 8-10잔을 마셔서 충분히 수분을 섭취해야 한다.

황사를 막는 코디로 눈과 피부보호대를 착용해야 한다. 내일부터 몇 일간 황사도래가 예견되므로 외출 시 철저한 준비와 기상대의 충실한 예보를 통한 사전 예방에 만전을 기해야 한다.

관계국가와 협의기구를 가동하여 장기적이고 근본적인 예방대책을 서둘러야 인간의 더 큰 재앙을 막을 수 있음을 강조한다. 한. 중. 일 환경장관회의, 동북아환경협력고위급회의, 북서태평양보전 실천계획 등의 환경협력체에서 황사문제를 해결하는 노력에 적극 나서야 할 것을 주문한다.

85. 도지사, 마무리를 잘해야

민선3기 마감을 6개월 앞두고 孫지사의 공약이행 성적표가 나왔다. 한마디로 外治는 비교적 점수를 획득할 수 있었지만 內治는 낙제점을 면키 어렵다는 평이다.

손 지사는 취임 당시 10대 공약에 63개 역점사업을 내놓았다. 이중 외자유치와 수도권 규제완화 등 외치는 비교적 진척을 보이고 있다. 특히 세계수준의 첨단 클러스터가 형성되고 있으며 지식기반시대를 선도할 인재양성 시스템의 확립은 성공한 사례다. 반면에 내치는 엉망으로 낙제점 이하에 머물고 있다.

주민체감사업인 교통사고 다발지역의 안전대책사업이 10%, 접경지역 및 소규모 산업단지 사업은 30%, 어린이 보호구역정비사업과 보조간선도로망 확충사업은 각각 35%에 머물고 있다. 손지사는 보건복지부장관을 지냈음에도 소외계층과 중소기업관련 사업추진을 소홀히 하여 서민들로부터 부유층출신이라 어려운 사람들의 사정을 모른다고 비난을 받고 있다. 21세기를 선도 하려면 미래형 교육시스템의 개발이 절실한데 손 지사는 이의 시스템인 대안교육지원사업 추진을 지지부진하고 있다.

주로 서민들이 이용하는 수도권광역 급행버스운행확대 시책도 늦장을 부리고 있으나 대책이 어렵다. 진정으로 도민을 위한 예산집행은 예산의 집중과 선택을 통해서 완급과 빈부에 따른 대책을 수립하는 것이 지방행정의 기본인데 손 지사는 이를 외면하였다는 비난을 받고 있다.

도민에게 골고루 혜택이 갈 수 있는 균형 잡힌 예산의 배분이 이루어지지 않아 서민불편이 크나 이의 해결을 게을리 했다는 평이다. 손 지사는 대선에 앞서 경기도정의 마무리를 깔끔하게 하여 도민은 물론 국민들로부터 업무추진능력을 인정받는 일이 중요함을 인식해야 한다.

앞으로 6개월 남은 임기를 경기도민을 위해서 헌신하는 자세만이 대권가도를 견고하게 하는 일임을 명심해야 한다.

추위와 굶주림에 고통 받는 도민을 찾아 위로하고 용기를 불어넣어주는 일도 도백의 책무임을 잊지 말기 바란다. 미제사업과 시급한 민생 챙기기에 남은 열정을 쏟기 바란다.

86. 實效있는 채용박람회를

경기도가 권역별로 실시해온 취업박람회가 실효를 거두지 못한 채 생색내기 행정이라는 비난이 일자 그동안 년24회에 걸쳐서 실시하던 채용박람회 횟수를 반으로 줄이고 상시박람회개최를 목표로 시책을 바꾸기로 했다.

시, 군별 특성에 맞는 맞춤형 박람회를 개최할 계획이다. 잦은 취업박람회는 "행사를 위한 행사"라며 비난소리가 높아지고 참여자의 기대감감소와 효과가 없자 궁여지책으로 상시박람회 개최추진과 지역별특화박람회를 개최한다는 것이다.

전시행정과 사전조사 없이 실행한 행정의 손실은 도민 몫으로 돌아갔다. 경기도는 상반기에 도 단위와 성남, 부천, 수원, 안양, 용인 등지에서 특화분야에 집중된 취업박람회를 개최할 방침을 세웠다.

유망 중소기업 인력지원, 여성벤처기업 인력지원, 첨단벤처기업 인력지원, 청년층우수인력 취업지원, 여성대학생 취업지원 등으로 특화분야를 지원하기로 했다. 고용시장의 특성에 맞는 인력수급 데이터베이스를 구축해서 오프라인으로 수행되던 고용정책사업을 온라인화 함으로써 산업별, 지역별로 인력지원 망을 구성하여 지속적인 관리를 하게 된다.

문제는 현실적으로 얼마나 효과가 있느냐다. 이제 허수와 비현실적인 행정은 도민의 외면을 받는다는 사실을 인식하고 철저한 준비와 사전조사가 선행돼야 함을 지적한다.

취업업무를 수행해오고 있는 노동부, 중기센터, 대학, 시군 등에 산재해 있는 취업관련기관과 단체의 불필요한 경쟁을 지양하고 역할분담과 공동추진업무를 집중해서 어떻게 추진해 가느냐가 관건이다. 도는 그동안 잦은 취업박람에 식상해진 구직자에게 실질적인 도움을 주는 취업박람회가 되기 위한 배전의 노력을 기울여야 한다.

15일에는 고양 킨텍스에서 수원, 성남, 부천, 의정부의 5개권역의 화상연결 채용박람회개최도 도민의 관심을 진작시키고 수요자와 공급자를 연결 시켜주는 코디네이터 역할을 충실하게 수행해 가길 바란다.

현실적으로 취업난에 고통 받는 구직자에게 용기와 꿈을 심어줄 수 있는 희망의 취업박람회를 위해 중지와 슬기를 모아가야 할 때다. 전시행정이 아닌 실질적으로 도움이 되는 취업박람회를 기대한다.

87. 가을 채소 밭떼기 거래 대책 세워야

　배추, 무우 등 김장채소의 입도선매에 의한 밭떼기 거래가 기승을 부리고 있으나 적절한 대책을 세우지 못하고 있어 농민과 소비자의 불신과 유통구조왜곡이 심각하다. 충남 서산을 비롯한 충남 서부지방의 포전 매매 거래가 도를 넘고 있다.

　잦은 비와 태풍으로 영. 호남지방을 비롯하여 전국의 가을 채소 작황이 부진하자 중간 상인들이 물량확보를 위하여 조기에 매입을 서두르며 가격경쟁을 벌린 결과이다. 배추의 경우 지난해 포기 당 산지가격이 2백 원 하던 것이 지난달에는 5백 원을 호가하더니 지금은 1천 원을 상회하고 있다.

　당초 5백 원에 판매한 농민에게는 별 수입이 없었으나 중간상인은 배 이상의 부당 이익을 챙기게 됐다. 아산. 태안. 당진. 홍성 등 지역은 이미 80-90%의 채소밭이 중간상인 손으로 넘어갔다. 가을 채소의 산지가격이 지나치게 높을 경우 값싼 중국산 배추의 대량 수입이 우려되는 부작용까지 낳고 있다.

가뜩이나 어려운 농업경제를 더욱 힘들게 하며 농심에 상처를 주는 문제도 큰 문제이다. 중간상인들의 물량확보 과열양상이 1. 2.차 되팔기를 성행시켜 소비자부담을 가중시키고 농민들에게는 심한 불신만을 가중시키고 있다.

계절성에 의한 영향을 많이 받는 농산물에 대한 유통구조의 개선 없이는 농민의 보호와 농촌의 안정된 삶을 논할 수 없다. 현재 농협에서 부분적으로 시행하고 있는 계약재배면적을 확대하여 마음 놓고 농사를 지을 수 있는 대책을 마련하여야 한다.

도. 농 직거래운동을 확대시켜서 왜곡된 농산물 유통구조를 바로 잡고 생산자와 소비자의 신뢰관계를 복원 시켜가야 일도 필요하다. 이럴 경우 양자가 각각 20%의 이익을 볼 수 있다. 지방자치 단체별로 유통회사를 지방공사로 설립하여 농산물 판매사업을 전담하는 방안도 검토해 볼 필요가 있다.

우리농산물은 농산물자체의 가치보다 아름다운 농심을 왜곡 없이 소비자에게 전달해주므로 전통과 신뢰를 쌓아가며 공동체를 발전시킬 수 있다는 명분과 실리를 살리는 일이 중요하다.

투매하여 손해보고 마음 상해하는 농민의 문제는 소비자 모두의 관심과 합리적인 농정과 시민운동으로 해결될 수 있음을 강조한다.

88. 관심 가져야 될 노인 성 문제

　수명연장과 가족문화의 변화에 따른 노인 문제가 다양하게 제기
되고 있는 가운데 최근 들어 성 문제가 절실하게 제기 되고 있다.
성은 본능적 욕구로 연령을 초월하여 외면 할 수 없는 당면 과제
이기 때문이다.

　성적 적응 문제는 노년기의 보람 있는 삶을 위한 노후 부부의
결혼생활 적응과 관련된 중요한 문제가 되고 있다. 그러나 노인학
연구에서 성 문제는 제외되어 왔으며 사회적 무관심으로 일관되어
노인의 말 못하는 고통이 클 수밖에 없다.

　우리나라는 오랫동안 유교사상과 전통적인 관습 및 도덕적 관념
에서 노인의 성생활을 불순하고 수치스럽게 여기며 터부시 해오고
있기 때문이다. 노인들이 갖고 있는 성에 대한 사회적 통념이 황
혼의 사랑을 일탈행위로 인식해 왔다.

급격한 고령사회로 접어들고 있는 우리나라는 노인인구가 20%대에 이를 전망이다. 이들의 행복한 삶을 위해서도 성 문제는 심도 있게 연구하여 대책을 수립해야 된다. 성에는 결코 정년이 없으며 노인의 성생활과 성적욕구는 일차적 욕구로 우선적으로 해결해 주어야 하기 때문이다.

홀로된 노인의 욕구 중 재혼이 1위를 차지하고 있는 현실을 더 이상 외면할 수 없다. 외로움과 대화를 나눌 수 있는 상대가 절실하기 때문이다. 노인의 짝짓기와 건전한 이성교제 프로그램 개발을 서둘러야 한다.

성 관계와 관련된 건강 문제도 대책을 세워야 한다. 사창가 출입과 외도에 따른 윤리적 고민과 성병 예방 및 치료에 따른 정보제공을 체계적으로 해주어야 한다. 장기적으로는 청소년기의 성교육 시간에 노인성에 대한 이해와 특성을 가르쳐 주는 것도 중요하다.

가족의 할아버지와 할머니에 대한 성 관련 문제를 이해할 수 있으며 도와줄 수 있기 때문이다. 자신이 노인이 되었을 경우 사전에 계획하고 준비 할 수 있는 성 지식을 쌓을 수 있는 기회로 삼아야 한다.

일생 중에 노년기의 중요성을 인식하여 그들에게 기본적인 생활의 여건은 정상적인 이성관계에 있음을 알아야 한다. 이를 위한 가정, 사회, 국가가 함께 노력하는 시스템을 개발하는 것이 중요하다.

가족의 적극적인 이성관계의 주선 노력과 사회적 축복 속에 국가가 보호 지원해주는 제도 마련이 필요하다. 노인의 부부생활과

이성교제를 통해서 희열과 보람을 찾고 활력을 더해주며 삶의 영
위를 위해서 이제 국가와 사회차원에서 노력하여야 할 때이다.

89. 개선 되어야할 고소권 남용

사회의 불신 풍조만연에 따른 고소고발이 크게 늘어나고 있어 대책 마련이 필요하다. 최근 검찰청 통계에 따르면 금년 8월 말 현재 검찰에 접수된 고소사건이 25만 2천5백71건으로 작년 같은 기간에 비하여 4.6%가 늘어났다. 이에 비하여 피고소인에 대한 기소율은 줄어들어 무분별한 고소 고발이 증가 추세를 보이고 있다.

사소한 일로 툭하면 고소하는 풍조는 선진사회로 가는 발전을 가로막고 있다. 고소고발의 남발로 피의자가 양산되고 검. 경찰의 수사인력과 사회자원 낭비가 심각하다.

시민사회의 신뢰를 파괴하며 상호간의 불신을 조장시켜서 사회발전에 장해가 되기 때문에 더 이상 방치 할 수 없다. 사회는 상식과 법규를 존중하며 생활하여야 하며 기준과 원칙이 지켜져야 된다.

이성보다 감정이 앞서고 이타심보다 이기심이 우선할 때에 갈등이 생성되어 싸움이 시작되며 결국은 법정으로 비화되기 마련이다. 일단 고소하고 보자는 식의 잘못된 사회의식을 변화 시켜가는 노력이 절실하다.

이웃을 아끼고 사랑하는 아름다운 전통 문화 유산을 지켜갈 때에 우리의 미래는 성숙해진다. 법은 사람이 살아가는데 지켜야 될 최소한의 도리이며 규범이다. 성숙된 사회는 법 이전에 윤리와 도덕이 존중 되는 사회을 만들어 가야 한다.

고소남발을 막기 위한 제도개선과 사회적 노력을 기울일 때이다. 고소장 선별접수제도를 도입하여야 한다. 접수된 고소장 중 형사범죄로 입증하기 어렵거나 신뢰성이 떨어지는 사건을 진정으로 접수하도록 하는 검찰 사건 사무규칙 개정을 서둘러야 한다.

고소인이 고소장을 작성할 때에 죄명과 범죄혐의 요지 등 서식을 갖추도록 하는 방안도 검토해 볼만하다. 무고사범에 대한 처벌 강화방안을 만들어야 한다. 국민의 법의식강화와 시민의식함양을 위한 사회교육을 강화 시켜 가야 한다.

범죄예방교육프로그램을 활성화시키는 위해서 국가와 지방자치단체에서 예산을 지원해주고 강사은행 제도를 운영하는 것도 바람직하다.

고소고발의 감소를 위해서는 검찰제도 개선과 시민의식함양 및 신뢰사회가 건설되어야 한다. 국민 모두의 자성과 새로운 생활 패러다임의 전환을 위한 N. G. O.가 중심이 되어 사회적 노력을 쏟아야 된다. 이타심을 갖고 상대방을 존중하는 사회 풍조가 정착되어 갈 때에 고소고발은 감소되고 신뢰사회로 다가갈 수 있다.

90. 근절되어야 할 성폭력

쾌락 지향적인 사고의 만연과 성 윤리의 실종이 도를 넘고 있는 가운데 어제 대전에서 발생한 성 폭력사건은 우리에게 커다란 충격을 주고 있다. 애인이 변심하였다고 코뼈와 늑골을 부러트리고 병원에서 치료중인 여자친구를 성 폭행한 후 금품을 빼앗은 인면수심의 행동은 입에 담기가 부끄럽다.

전통적인 성 윤리가 붕괴되고 개방 속에서 쾌락 추구만을 중시하는 왜곡된 성도덕을 바로잡는 일은 당면한 문제이다. 성 관계를 캐주얼 라브로 보는 성 관을 바로잡아 주어야 한다. 성은 생명을 창조하는 실체로서 성 인격과 성도덕이 중시되어야 하기 때문이다.

어떠한 감정풀이나 가벼운 기분으로 성 관계를 갖게 될 때 우리사회는 걷잡을 수 없는 혼란으로 빠질 수밖에 없다는 사실의 인식이 절실하다. 성 윤리는 건전 사회를 만들어 가는 기초가 됨을 잊어서는 안 된다. 최근 한국형사정책연구원에서 조사한 자료에 의하면 성폭력 피해여성이 30.5%에 이르고 있으며 공공장소에서 성희롱을 비롯하여 음란전화, 강간미수, 언어형태의 성폭력, 스토킹 등 그 형태도 다양하며 심각하다.

성추행을 포함한 성폭력을 경험한 여성이 20.2%에 이르고 있다. 성폭력은 유발환경으로서 상품화된 성문화의 영향을 많이 받게 된다. 성폭력 가해요인으로는 남성성과 성 의식의 왜곡에 있다.

마쵸에 대한 강박감염과 마치스모(machismo)에 의한 성폭력 행위 요인을 들 수 있다. 분절된 도구적 성 의식을 비롯한 성과 사랑의 이분법적 분리 사고는 성폭력을 유발시키는 요인이 되고 있다.

성폭력문제는 제도적인 차원에서 성별 권력관계적인 접근만으로는 해결하기 어렵다. 성폭력 해결을 위해서는 새로운 남성 섹슈얼리티에서 출발하야 한다. 개인의 자율과 평등성에 기초한 새로운 자아요소를 확립 시켜 가는 일이 중요하다.

마쵸적 색슈얼리티로 강화된 남성들의 문화적 지체현상의 회복을 위한 적응 프로그램과 감수성 훈련 등 가해자 처우 프로그램을 강화 시켜가야 한다.

성과 사랑의 이분법적 사고와 도구적 성 의식과 에피소드적 섹스얼리티에 대한 냉정한 비판이 절실한 때이다. 선진사회의 구현은 건전한 성 윤리의 확립과 아름다운 성문화의 건설에 있음을 강조하고 싶다.

91. 대둔산 종합개발 서둘러야

노령산맥의 북부에 위치한 대둔산은 산수가 수려하고 기암절벽의 월성봉, 비락산, 등 천혜적인 관광자원이 풍부하나 전북 완주군, 충남 논산시, 금산군의 3개 시 군의 경계를 이루고 있어 종합적인 관광개발이 이루어지지 않고 있다. 전북지역만 편중 개발이 이뤄지고 충남지역은 방치되는 것 같아 종합적인 개발정책이 절실하다.

논산시와 금산군지역은 주말에만 일부 등산객과 사찰을 방문하는 신자들뿐이고 평일에는 이용객이 거의 없는 실정이다. 교통불편과 위락시설 부족을 비롯해서 관광루트가 개발되지 않는 등 관광 인프라가 구축되지 않고 홍보마저 부족하여 이용객을 유치하지 못하고 있다.

전북지역은 같은 도립공원임에도 불구하고 교통시설이 잘 개발되었고 위락편익시설도 충분하여 매년 관광 수입을 크게 올리고 있다. 올 들어 8월 말 현재 전북 대둔산을 찾은 관광객은 22만4천7백여 명에 이르고 있어 6억 원이 넘는 수입을 올리고 있으나 충남대둔산은 5만3백여 명에 불과해 공원관리사무소 직원 인건비도 충당하지 못한다.

행정구역의 이질성을 극복한 대둔산의 관광루트 개발 등을 행정협의회를 통한 개발 리더십이 절실하다. 대둔산은 봄에는 진달래와 철쭉 등 엽록 물결이 감동을 주며 여름에는 신비의 운무가 탄성을 자아내게 한다.

가을의 단풍에 겨울의 온봉옥령에다 소금강산이라 일컬을 아름다운 기암괴석에 낙조대의 일출과 낙조는 환상적이다. 한국 8경의 하나로 손꼽히는 수성의 아름다움과 영봉장 폭포의 웅장함과 호남평야와 군산과 장항이 한눈에 들어오는 장관을 주봉인 천마봉에서 만끽할 수 있다.

80m에 이르는 공중가교와 신라 원효대사가 건립한 태고사, 이치대첩지, 장군약수터, 행정저수지등 대둔산은 관광자원의 보고이다. 충남지역과 전북지역을 어우르는 관광벨트를 개발하고 관광상품과 홍보활동을 행정협의회를 통해서 개발해갈 시너지효과를 극대화시킬 수 있다.

충남도 에서는 내년도에 대둔산 기본계획수립을 위한 용역을 발주할 계획인데 전북도와 협의하여 컨소시움을 형성하여 추진하는 것이 마땅하다.

광역행정협의회의 기능을 살려서 모범적인 대둔산 종합 개발 계획 수립을 촉구한다.

92. 기쁘게 나누며 삽시다

푸른 잎을 넓혀가며 날로 새로워지는 초목의 잎사귀는 6월의 산하를 푸르게 만들고 있다.

경쟁하지 아니하고 비켜 가는 여유로움 속에 넉넉히 햇볕을 받으며 커 가는 나무의 지혜를 생각해본다. 그늘이 져서 햇빛을 받지 못하면 옆으로 가지를 뻗거나 위를 향하여 빛을 받으며 커간다.

가진 자는 더 많이 가지려고 몸부림치고 못 가진 자는 어떻게든지 가져보려고 단말마적 투쟁을 벌여 갈등과 불안을 재생산하는 우리사회다. 권력을 향한 끝없는 야욕이 신의와 정의보다 우선하고 부에 대한 집념이 도를 넘어 수단방법을 가리지 않고 갖은 부정과 야합을 일삼아 돈을 모아가고 있다.

더 높은 명예를 추구하려다 마지막 남은 자존감마저도 잃고 마는 현실이 안타깝다. 계층간의 대립과 세대간의 갈등은 동서간 지역갈등보다 더 심각하다. 빈부의 양극화가 심화되어 가난한자의 고통이 더욱 커지고 있다.

상대적 박탈감과 인격적 모멸감이 그들을 서럽고 괴롭히고 있는 현실이다. 우리는 참으로 많은 것을 갖고 있으며 올바르게 쓰는 법을 몰라서 마음고생을 하며 살게 된다.

일년간 먹고 버리는 음식 쓰레기가 11조 원에 달하고 있다. 이 돈이면 굶주린 북한 동포가 배불리 먹고 남는 금액이다. 40년간 쉴 사이 없이 달려온 발전과 풍요의 욕심을 정리하고 현실을 직시하고 미래를 바라보는 혜안을 가져야할 때이다. 분배와 공유의 윤리를 중요하기 때문이다.

내가 제일이고 남이야 나와는 무관하며 나만 잘살고 편하면 된다는 오만을 버리고 타인 지향적인 사고와 나을 생각하기 전에 남을 배려하는 자세가 절실하다. 이타심을 가질 때 남을 도울 수 가 있다.

진정으로 남을 돕기 위해서 나눠준다는 것은 자신이 충분히 쓰고 남아서 남을 주는 것이 아니다. 여기에는 고통과 인내가 수반되어야 한다. 참된 사랑에는 고통의 눈물과 인내의 넉넉함이 뒤따르지 않으면 가치가 없다.

남아서주는 것은 물이 넘쳐흘러 가듯이 무의미하게 버려지는 것과 같다. 풍요롭고 넉넉한 삶을 위해서 절약하고 겸손한 마음으로 어려운 이웃과 자신의 도움을 필요로 하는 사람에게 베풀며 다가갈 수 있는 마음을 가져야 한다.

기쁘고 감사한 마음으로 사회를 바라볼 때 소유의 욕심보다 공유와 나눔의 윤리를 실천할 수 있다. 사사로운 일상 속에서 아름다운 모습과 현상을 발견할 때 우리는 살맛나는 세상을 맛보게 된다.

6월의 햇볕 속에 담장을 휘감은 붉은 넝쿨 장미를 지나는 행인에게 한 송이 꺾어주는 주인아주머니의 마음이 너무 아름답다. 이것이 진정한 공유와 나눔이다. 나는 몇 개의 후원단체에 십 년 이상 몇 만원 씩 기쁜 마음으로 후원금을 보내고 있다. 이 몇 만 원 속에는 반드시 나의 어려움과 인내가 융해된 정성과 함께 한다.

삼만 원을 보낼 경우 택시비를 아낀 돈이나 혹은 점심 값을 아낀 돈을 항상 포함시키고 있다. 돈보다도 주는 사람의 마음과 정성을 그들은 더 필요로 하기 때문이다. 의미와 가치를 실천하여 보람과 희열을 창조해 가는 일 보다 더 소중한 것은 없다.

남에게 베풀 수 있고 사랑할 수 있는 대상이 있는 것은 커다란 축복이며 고마움이다. 우리는 이것을 잊고 살아가기 때문에 불만이 생기고 과욕을 부리게 된다. 자신을 필요로 하는 곳이 있음에 감사하며 안분자족할 수 있는 자세를 가져야 한다.

조금 양보하고 조금 덜 가지려는 마음을 가질 때에 우리사회는 풍요롭고 넉넉해 질 수 있음을 알아야 한다. 다른 사람의 고통을 이해하고 도와주려는 마음을 실천하는 윤리가 절실하다. 공동체의식이 희박해지고 개인주의가 만연한 오늘의 사회문제 해결을 위해서도 중요하기 때문이다.

사랑 없이 남에게 베풀 수 는 있으나 베풂 없이 사랑을 실천할 수는 없다. 우리는 진정한 사랑의 구현을 위해서 기쁘게 나누면서 여유롭고 넉넉한 삶을 살아가는 지혜를 실천하는 의지가 필요한 때이다.

93. 농촌 일손 돕기 참여를 촉구한다

태풍 매미는 벼를 쓰러지고 배와 사과 등 과일을 떨어트리는 등 충청지역농촌에도 큰 피해를 주어 농민들을 크게 상심 시키고 있다. 우선 쓰러진 벼를 일으켜 세우는 일이 시급한데 농촌에 일손이 부족하여 농민들이 애만 태울 뿐이다.

쓰러진 벼를 방치할 경우 수확량이 크게 감소되어 일년 농사를 망치게 된다. 향도이촌 현상으로 농촌이 空洞化되어가고 있으며 농촌인구구조가 노령화와 부녀화의 특성을 나타나고 있어 일손이 해가 갈수록 부족하다.

골육지책으로 도시에서 인부를 구해 겨우 농사를 꾸려가고 있는데 이번 태풍으로 농촌인력 수요가 크게 늘어나 인력난이 매우 심각하다. 하루7만원에 달하는 임금을 주고도 인력구하기가 어려운 실정이다.

여기에 W.T.O의 협정에 의한 농업개방을 눈앞에 두고 있어 농민은 삼중고에 시달리며 암담한 내일을 바라보고 있을 뿐이다. 농업은 한시적인 계절 산업으로 수확기에 노동력이 집중되며 시기를 놓치면 수확이 급감하여 피해가 매우 크다.

농업은 민족의 생존권 보호와 국토보존 및 학습자원 그리고 도시민의 휴식처로 기능을 하기 때문에 결코 포기할 수 없다. 전국의 4백만 농민의 문제가 아닌 당면한 우리 사회문제로 농촌을 인식하여 부족한 일손을 도와야 한다.

공무원. 군인. 학생. 도시의 각종 N.G.O. 단체가 앞장서서 농촌 일손 돕기에 나설 것을 촉구한다. 공공기관과 민간단체에 농촌 일손 돕기 창구를 개설하여 효율적인 인력관리에 지혜를 모아야 한다.

농업의 특성에 따른 지역별 인력공급체계와 풍수해에 대비한 비상 인력 동원 체계를 수립할 필요가 있다. 학생봉사활동과 연계하는 비상인력확보방안, 도시자원봉사자의 활용, 유휴노동력의 비상동원체계 확립, 도. 농 연계 방안 등 다각적인 대안을 찾아야 한다.

충남도는 농업도를 자처하면서 중장기 농촌인력 수급계획을 마련하지 못하고 있는데 이번 태풍피해를 계기로 장기적이고 종합적이며 효율적인 농촌노동력 해결방안을 마련하기 바란다.

94. 새마을부녀회의 이웃사랑 운동

예년보다 빨리 찾아온 추위 때문에 겨우살이 준비가 한창이다. 가진 것 없는 사람에게는 걱정이 태산 같다. 이기주의와 물질제일주의가 팽배해있고 기부문화가 정착되지 않은 우리나라에서의 어려운 사람은 겨울내기 고통을 감내하기가 너무 힘들다.

어려운 이웃에게 김장을 해주며 겨울나기를 함께 하는 사람들이 있다. 한결같이 십여 년을 어려운 이웃에게 겨울 김치를 담가주고 지속적으로 도와주는 시민 단체가 있어 우리마음을 훈훈하게 해준다.

대전시새마을 부녀회원 2천 5백여 명은 10년 전에 전국에서 최초로 독거노인, 소년소녀가장, 결식아동, 등 어려운 이웃들에게 김치를 담가서 무료로 나누어주고 있다. 대전시 새마을 부녀회원 2만 명 중 10%가 매년 참여하여 김치를 만들어 어려운 4천 세대에 나눠주고 있다.

김치하나를 겨울철 부식으로 이용하는 사람에게는 여간 고마운 일이 아니다.

오늘의 시민운동은 소외계층과 함께 하는 공동체 활동으로 거듭 나야 하며 어려운 이웃에게 도와주고 격려해주는 차원에서 이루어 져야 한다.

대전시 새마을 부녀회가 과거 관변 단체의 부정적인 이미지를 탈피하여 자생력을 키우고 시민운동의 새로운 방향을 제시하고 있어 신선하다. 새마을 부녀회는 아파트 쓰레기 분리수거, 헌옷 재활용해서 입기, 불우이웃 도와주기, 자원봉사활동, 애경상문 함께 하기 등의 상부상조하는 지역사회운동을 꾸준히 전개해 오고 있다.

부녀회는 활동 방향을 서민 생활 봉사활동으로 정하고 자치정신에 입각하여 자율적인 운영을 하고 있다. 지역사회는 물론이고 어려움과 고통받는 곳이 있으면 신속하게 달려간다.

태풍 루사가 휩쓸고 간 강릉 수해지역을 찾아서 주민을 위로해 주고 봉사활동을 전개하였다. 삶의 가치와 참된 봉사활동의 의미를 부녀회원들이 한마음을 모아 실천하고 있기 때문에 아름답다.

외국에 비해서 기부문화가 뒤떨어지고 이기주의가 만연한 현실을 직시할 때에 새마을 부녀회의 어려운 이웃과 함께 하는 바람직한 시민운동에 박수를 보낸다. 사회복지정책, 지역사회개발, 자치행정이 아무리 발전하여도 주민 서비스는 한계가 있으며 주민스스로 하여야 될 부분이 있다.

이 한계는 자발적인 시민운동을 통하여 극복할 수 있어 부녀회의 활동은 더욱 가치가 있다.

한정된 자원을 함께 나눠 쓰고 자연을 소중하게 보존하며 관리하는 일은 N. G. O. 가 담당하여야 할 당면한 과제이다. 나누고 함께 하는 윤리는 미래사회를 살아가는데 중요한 덕목이 됨을 잊어서는 안 된다.

더 많은 사회단체가 어려운 이웃돕기에 나설 때에 따뜻하게 겨울을 보낼 수 있으며 우리사회는 아름다워질 수 있다. 대전시 새마을 부녀회의 끊임없는 발전과 지속적인 이웃돕기 봉사활동을 기대한다. 이것이 표본이 되어 다른 사회단체도 이웃과 함께 하기 운동에 동참하기를 바란다. 이웃을 도우며 어려운 사람에게 희망과 용기주는 함께하는 일은 가치있고 아름답다.

〈저자소개〉

■ 정 하 성 박사

충남대학교를 졸업 하고 대만 L.R.T.I에서 지역사회와 청소년연구를 마친 후 대구대학교 대학원에서 지역사회학을 전공하여 행정학박사를 취득하였다.

한국청소년문제연구소장(서울), 사단법인대전지역사회개발협회장, 사단법인청소년지도연구원장(대전)으로 활동하는 등 30년을 한결같이 지역사회와 청소년지도자로 연구하며 봉사하고 있다.

매일경제신문 기자, 충청매일, 중도일보, 경기신문 논설위원을 거쳐 현재는 충청투데이, 중부일보 논설위원으로 활동하고 있다.

국가시험 청소년지도사 1,2,3급 출제위원겸 검정위원, 한국청소년개발원 초빙연구원, 문화관광부 정책자문위원과 민주평화통일자문위원을 거쳐 현재는 한국청소년학회장, 한국범죄예방교육원장을 맡고 있다.

한양대학교 행정대학원 외래교수를 거쳐 평택대학교 학생처장, 사회교육원장, 사회복지대학원장을 역임하고 현재는 동교 청소년복지학과 교수로 재직하고 있다.

정하성의 시사칼럼집 ❷
사랑과 보람의 공동체

• 초판 인쇄	2007년 1월 25일
• 초판 발행	2007년 2월 1일
• 저 자	정하성
• 펴 낸 이	채종준
• 펴 낸 곳	한국학술정보㈜
	경기도 파주시 교하읍 문발리 526-2
	파주출판문화정보산업단지
	전화 031) 908-3181(대표) · 팩스 031) 908-3189
	홈페이지 http://www.kstudy.com
	e-mail(출판사업부) publish@kstudy.com
• 등 록	제일산-115호(2000. 6. 19)
• 가 격	14,000 원

ISBN   978-89-534-6388-2 93810 (Paper Book)
          978-89-534-6389-9 98810 (e-Book)